講談社文庫

狙われた横丁

鶴亀横丁の風来坊

鳥羽 亮

講談社

もくじ

第一章　博奕（ばくち）　7
第二章　襲撃　53
第三章　攻防　96
第四章　隠れ家　143
第五章　死闘　193
第六章　決戦　233

狙われた横丁——鶴亀横丁の風来坊

第一章　博奕(ばくち)

1

「うまそうだな」

風間彦十郎(かざまひこじゅうろう)は、ニンマリして御茶漬けの丼を手にした。朝飯である。

彦十郎は昨夜飲み過ぎ、今朝、陽がだいぶ高くなってから起きたのだ。

「もう、五ツ（午前八時）を過ぎてますよ」

おしげが、戸口の方に目をやって言った。

おしげは、四十半ばを過ぎていた。色白で、ふっくらした丸顔だった。饅頭(まんじゅう)に目鼻をつけたような顔で、どう見ても美人とは言えないが、愛嬌がある。

彦十郎が箸と丼を手したまま戸口の方に目をやると、朝陽に染まっている腰高障子(こしだかしょうじ)

がわずかに見えた。

　そのとき、彦十郎の脇に座っていた平兵衛が、

「昨夜は、遅くまで飲んでたようですね」

　と、口を挟んだ。

　平兵衛は、おしげの亭主だった。

　ふたりの間に、お春という娘がいる。お春は、十三歳。平兵衛とおしげは、お春を目に入れても痛くないほど可愛がっている。

　平兵衛は、五十がらみだった。女房のおしげとは反対に痩せていた。面長で、顎がしゃくれている。

　平兵衛とおしげが並ぶと、その顔が三日月と満月のように見えた。ふたりとも穏やかそうな顔で、ふたり並んでいるところを見ると、つい笑みを浮かべてしまう。

「帰ってきてから、飲んだからな」

　彦十郎は、箸を手にしたまま苦笑いを浮かべた。

　昨夜、彦十郎は近所の居酒屋で遅くまで飲んだ後、二階にある自分の部屋にもどり、貧乏徳利に残っていた酒を飲んだ。それで飲み過ぎ、朝起きられなかったのだ。

　いま、彦十郎たちがいるのは、増富屋の帳場の奥の座敷である。そこは、彦十郎の

食事の場にも使われるが、平兵衛が特別な仕事を斡旋（あっせん）したり、内密の仕事を受けるときも使われる。

増富屋は、口入れ屋だった。口入れ屋は、仕事の斡旋をしている。人宿（ひとやど）、肝煎所（きもいりどころ）、請宿（うけやど）などとも呼ばれ、仕事を雇う側と雇われる側の間に立って世話をし、双方から相応の斡旋料をとっていた。

彦十郎は、増富屋の居候だった。二階のあいている座敷に、一人で寝起きしている。

武士である彦十郎が、増富屋に居候するようになったのは、それなりの理由があった。

彦十郎は、二十代半ばだった。家は御家人で、次男坊に生まれた。兄が嫁を貰い、家に居辛くなった。それで、家を出て長屋に住み、増富屋に出入りして仕事を斡旋してもらっていた。そうしているうちに、平兵衛と親しくなり、二階の部屋で寝起きするようになったのだ。

増富屋には、様々な身分の男が出入りしていたので、彦十郎のような腕のたつ武士がいてくれると心強かったらしい。

彦十郎が茶漬けを食べ終えると、平兵衛が、

「風間さま、瀬戸物屋の政造（まさぞう）さんの噂を聞いてますか」

と、声をひそめて言った。

「いや、何も聞いてないが」

彦十郎は、政造のことを知っていたが、特別な噂は耳にしていなかった。

彦十郎のいる増富屋も政造の瀬戸物屋も、鶴亀横丁（つるかめよこちょう）にあった。

昔、横丁の出入り口の両側に、鶴屋という質屋と亀屋という古着屋があった。それで、鶴亀横丁と呼ばれるようになったという。いまは、鶴屋も亀屋もなく、別名のそば屋と一膳めし屋に変わっている。それでも、鶴亀横丁の名は残ったのだ。

鶴亀横丁は、浅草西仲町（あさくさにしなかちょう）にあった。浅草寺（せんそうじ）に近く、参詣客や遊山客が流れてくるので、横丁の出入り口にある店として、質屋と古着屋はふさわしくなかったらしい。

「ちかごろ、政造さん、店をあけることが多いようですよ」

平兵衛が言うと、脇に座っていたおしげが身を乗り出してきて、

「わたしも、聞いてます」

と、口を挟んだ。顎のしゃくれた平兵衛の顔と丸いふっくらしたおしげの顔が、並んでいる。

「飲み歩いているのか」

彦十郎が訊いた。

「風間さまとは、ちがいますよ」

平兵衛はそう言った後、

「博奕のようです」

と、声をひそめて言った。

「博奕か。政造は、賭場へ出かけているのか」

「そのようです」

「瀬戸物屋は、ひらいていたぞ」

彦十郎は、昨日、瀬戸物屋の前を通ったが店はひらいていた。

「商いはやってますがね。政造さんは、店を女房のおしんさんに任せて、留守にするときが多いようですよ」

「店を留守にして、賭場に出かけているのか」

彦十郎が、眉を寄せた。店の主人が大事な商いを女房に任せ、日中から賭場に出かけているとなると、ただごとではない。

「おしんさんも、困っているようです」

平兵衛がそう言ったとき、平兵衛と彦十郎のやりとりを聞いていたおしげが、

「おしんさんが、風間さまに、意見してもらいたいと言ってましたよ」

と、身を乗り出して言った。

「おれが、政造に意見するのか」

彦十郎が、湯飲みを手にしたまま訊いた。彦十郎は朝餉を食べ終えた後、おしげが淹れてくれた茶を飲んでいたのだ。

「おしんさん、武家の風間さまが意見してくれれば、政造さんも博奕をやめるのではないかと言ってました」

「まァ、会って話を聞くだけならいいが……。おれは、意見などできんぞ」

彦十郎はそう言った後、

「平兵衛に、意見してもらった方がいいな」

と、声高に言った。

「てまえでは、駄目ですよ。同じ横丁で、商いをつづけてきただけで、打ち解けて話したこともありませんから」

平兵衛が、戸惑うような顔をした。

それから、半刻（一時間）ほど過ぎたろうか。彦十郎が、二階の部屋にもどろうとして立ち上がったとき、表の腰高障子があいた。

顔を出したのは、彦十郎たちが噂していたおしんだった。三十代半ばのはずだが、ひどくやつれて、歳をとった感じがした。

おしんは戸口で足をとめ、戸惑うような顔をして店内を見ている。

「おしんさんを、連れてくる」

すぐに、おしげが腰を上げた。

2

平兵衛は、おしげがおしんを連れてくると、

「おしんさん、ここに座って。都合よく、風間さまもおられるので、心配事があったら話してくだされ」

そう、穏やかな声で言った。

彦十郎は、黙したままおしんに目をやり、

……やつれたな。

と、胸の内でつぶやいた。

彦十郎は同じ鶴亀横丁に住んでいるので、おしんと顔を合わせることがあった。た

だ、挨拶するぐらいで、話したことはない。

おしんは戸惑うような顔をして、平兵衛と彦十郎に目をやったが、

「わたしは、ここで」

と小声で言い、座敷の上がり框に腰を下ろした。体が、小刻みに震えている。

「お茶を淹れるね」

おしげは、そう言い残して座敷を出た。裏手の台所に、おしんのために茶を淹れにいったようだ。

平兵衛は、おしげの足音が遠ざかるまで黙っていたが、

「おしんさん、話してくだされ」

と、笑みを浮かべて言った。

彦十郎は、黙したままおしんに目をやっていた。

「う、うちの亭主は、七ツ(午後四時)ごろになると、店の有り金を持って出て、夜遅くまで帰らないんです」

おしんが、涙声で言った。

「どこへ、出かけているんです」

平兵衛が小声で訊いた。

「ば、博奕です」

「賭場は、どこにあるんです」

「あ、阿部川町と聞きました」

「阿部川町の、どの辺りです」

平兵衛が、つづけて訊いた。浅草阿部川町は、新堀川の西側に位置している。広い町で、阿部川町と知れただけでは、探すのがむずかしい。

「あたし、阿部川町と聞いただけで、どこにあるか知らないんです」

おしんが、戸惑うような顔をした。

「そうですか……」

平兵衛が口を閉じると、

「いま、亭主の政造は店にいるのか」

代わって、彦十郎が訊いた。

「い、います」

「ここに、連れて来られるかな」

「…………」

おしんは、戸惑うような顔をしていたが、

「店にもどって、亭主に訊いてみます」

と、小声で言い、腰を上げた。

彦十郎、おしんの不安そうな顔を見て、

「おれも、いっしょに行く。……暇でな。やることがないのだ」

と、小声で言った。彦十郎は、おしんの気持ちをやわらげてやるためにそう言ったのだ。

彦十郎とおしんが腰を上げたとき、おしげが湯飲みを載せた盆を手にしてもどってきた。おしんや彦十郎たちのために、茶を淹れてくれたらしい。

「せっかく、茶を淹れてくれたのだ。飲んでから行こう」

そう言って、彦十郎は座りなおした。

おしんも座り直し、湯飲みに手を伸ばした。

彦十郎はおしんとともにいっとき茶を飲んでから、あらためて腰を上げた。

ふたりは増富屋を出ると、鶴亀横丁を二町ほど歩いて瀬戸物屋の近くまで来た。

間口の広い店である。店先の台に丼や皿などが並び、台の脇には大きな甕(かめ)も置いてあった。店内には、湯飲みや茶碗などが並べてある。ただ、瀬戸物屋としては、品数がそれほど多くなく、高価な品物もないようだった。

おしんは店の前まで来ると、

「店に、亭主と七つになる房吉がいます」

そう言って振り返り、彦十郎に目をやった。

おしんは、品物が並べてある台の脇から店内に入った。房吉は、おしんの子供であろう。

店内は、広くなかった。瀬戸物を並べた台が土間に置いてあり、その先に小座敷が
あった。そこで、瀬戸物を渡したり、代金を受け取ったりするらしい。彦十郎は、後につづいた。

小座敷に、男の子の姿があった。房吉という子らしい。他に、人のいる気配はなかった。

「ふ、房吉、おとっつあんは」

おしんが、声をつまらせて訊いた。

「怒って、出てったよ……」

房吉が、泣き出しそうな顔をして言った。

おしんは、房吉を抱き寄せて、

「おっかさんが、帰ってきたからね。……心配しないでいいんだよ」

と、優しい声で言った。

房吉は、おしんの胸に顔を埋めて、しゃくり上げている。

彦十郎はおしんの背後に立って、店内に目をやっていたが、

「政造は、どこに出かけたのだ」

と、小声で訊いた。

おしんは、いっとき口をつぐんでいたが、

「あたしが、増富屋さんに出かけたのを知って、店を出たんです」

そう言った後、すこし間を置いてから、

「ど、どこかで、時間を潰して、また、博奕に……」

と、声をつまらせて言い添えた。

「帰るのは、夜遅くだな」

「は、はい」

「それなら、明日、朝のうちに来てみよう。政造が出かけないうちにな」

彦十郎は、政造がいないのでは、ここにいても仕方がないと思った。

「あ、ありがとうございます」

おしんは、涙声で言い、房吉を抱いたまま彦十郎に頭を下げた。

3

　おしんが、増富屋に来た翌朝だった。彦十郎は昨日と同じように、五ツ（午前八時）ごろになって目を覚ました。そして、二階の部屋で着替えていると、慌ただしそうに階段を上がってくる足音がした。

……お春だな。

　彦十郎は胸の内でつぶやき、急いで小袖を着終えた。

　足音は彦十郎のいる部屋の障子の向こうでとまり、

「風間さま、入ってもいい」

　と、お春の声がした。

「いいぞ」

　彦十郎は急いで帯を締め、座敷のなかほどに座した。

　障子があいて、お春が顔を出した。

「あら、着替えも終わってたの。まだ、起きたばかりかと思ってたわ」

　お春が、驚いたような顔をして言った。

「いつまでも、寝てはいない。もう、五ツごろだからな」

彦十郎はそう言った後、「お春、何か用か」と訊いた。お春は、平兵衛かおしげに何か用を頼まれて来たにちがいない。

「朝御飯の仕度が、できたの」

お春が、座敷のなかに目をやりながら言った。

お春は、彦十郎が布団代わりに使った掻巻(かいまき)が、丸めて部屋の隅に押しやってあるのを目にし、「やっぱりね」とつぶやいた。

「馳走に、なるか」

彦十郎は声高に言って、立ち上がった。

彦十郎は、お春につづいて階段を下りた。そして、帳場の奥にある座敷にむかった。そこは、彦十郎がいつも朝飯を食べている部屋である。

座敷には、平兵衛とおしげの姿があった。平兵衛は茶を飲んでいた。おそらく、朝飯を食べ終え、おしげが淹れてくれた茶を飲んでいたのだろう。

「すぐ、朝御飯の仕度をするわね」

そう言って、おしげが立ち上がった。

おしげが座敷から出ていくと、

「今朝、瀬戸物屋に行くことになっているのでな。朝飯を食ったら、出かけるつもりだ」

彦十郎が言った。

彦十郎たちが話していると、おしげが盆を手にして座敷に入ってきた。盆の上には、めしを盛った丼、みそ汁の椀、それに、菜の入った小鉢が載せてあった。菜は漬物と煮物だった。煮物は豆腐と野菜である。昨夜の残り物らしい。

「いただくかな」

彦十郎は、すぐに箸を手にした。

平兵衛、おしげ、お春の三人は、感心したような顔をして彦十郎の食べっぷりを見ている。

彦十郎が朝餉を食べ終え、湯飲みの茶を飲んで一息ついたときだった。店の戸口の腰高障子があいて、足音がした。

「だれか、来たみたいですよ」

おしげが言った。

「見てくる」

そう言って、平兵衛が立ち上がった。

待つまでもなく、平兵衛は猪七を連れてもどってきた。

猪七も、鶴亀横丁の住人だった。飲み屋の主人である。ただ、猪七は店を女房に任せ、出歩くことが多かった。若いときの暮らしぶりが、いまでも残っているようだ。

猪七は、若いころ岡っ引きだった。下手人を捕らえようとして怪我をしたため、十手を手放し、女房のやっていた飲み屋を手伝うようになったのだ。

猪七はときどき増富屋に顔を出し、何かあると、平兵衛や彦十郎に手を貸してくれた。彦十郎の仲間のひとりといってもいい。

「猪七、どうした」

彦十郎が訊いた。

「いえ、今朝早く、瀬戸物屋の政造が、思い詰めたような顔をして出かけるのを目にしやしてね。何かあったにちげえねえと思って、来てみたんでさァ。横丁で起ることは、ここに来れば、たいがい知れやすからね」

猪七が、平兵衛と彦十郎に目をやって言った。

「なに！　政造が出かけただと」

思わず、彦十郎が声を上げた。

「何かあったんですかい」

猪七が訊いた。

「おれは、今朝、瀬戸物屋に出かけて、政造と話すことになっていたのだ」

そう言って、彦十郎は立ち上がった。

「どうします」

平兵衛が訊いた。

「瀬戸物屋へ行く。何があったのか、おしんに訊いてみる」

彦十郎が、刀を手にして戸口に足をむけると、

「あっしも、行きやす」

猪七が言って、彦十郎の後につづいた。

平兵衛とおしげが、慌てた様子で戸口まで出てきた。そして、彦十郎と猪七を見送ってくれた。

4

「瀬戸物屋は、閉まってやす」

猪七が、店を指差して言った。

瀬戸物屋の表戸は、閉まっていた。店の脇に大きな甕は置いてあったが、丼や皿などが並べてあった台はなかった。台ごと、店内にしまってあるらしい。

「戸口の脇から、入れるぞ」

彦十郎が言った。店の表戸の脇が一枚だけあいていた。そこから、店内に出入りできるらしい。

彦十郎と猪七が戸口まで来ると、店のなかから泣き声が聞こえた。女のすすり泣きと、もうひとり、しゃくり上げている子供の泣き声だった。おしんと房吉が、泣いているらしい。

彦十郎と猪七は、店の脇からなかに入った。店内は、薄暗かった。奥の小座敷に人影があった。

おしんが、幼い房吉を抱きしめて泣いている。

彦十郎と猪七が近付くと、おしんが気付いて顔を上げた。

「か、風間さま……」

おしんが、声をつまらせて言った。房吉もしゃくり上げながら、彦十郎たちを見つめている。

「どうしたのだ」

彦十郎が訊いた。

猪七は彦十郎の脇に立って、おしんに目をやっている。

「て、亭主は、朝、出かけたんです」

おしんが、涙声で言った。

「何かあったのか」

「あたしが、今朝、風間さまが、おまえさんに話があって来る、と言ったら、あのひと、急に怒り出し、店の有り金をつかんで、出ていったんです」

「俺の来るのが、遅かったか」

彦十郎が、顔をしかめた。政造は、おしんが自分のことで相談に行ったと気付き、有り金を持って店を飛び出したようだ。

彦十郎は、いっとき黙考していたが、

「いずれにしろ、政造も賭場が閉まれば、帰ってくるだろう。……明日の朝は、暗いうちにここにくる。おれが意見しても、出かけるようだったら、増富屋の納屋に閉じ込めてやる」

と、語気を強くして言った。

増富屋の裏手には、納屋があった。その納屋は、捕らえた男を連れ込んで尋問したり、監禁しておくのに使われたりした。

おしんは、房吉を抱きしめたまま、

「風間さま、お願いします」

と、涙声で言った。

彦十郎はおしんに目をやり、

「博奕に溺れるのは、病のようなものだ。……政造もそのうち、目が覚める」

そう言い残し、猪七とふたりで店から出ていった。


その日、政造は女房と倅のいる瀬戸物屋に帰ってこなかった。

彦十郎も心配になり、翌朝、朝飯を食べると、姿を見せた猪七とふたりで瀬戸物屋に出かけた。

やはり、瀬戸物屋に政造の姿はなかった。

「ど、どうしたんでしょう」

おしんが、声を震わせて言った。昨夜、寝なかったらしく、憔悴した顔をしていた。房吉も不安そうな顔をして、彦十郎と猪七を見つめている。

「これまで、賭場に出かけても、店には帰っていたのか」

彦十郎が訊いた。

「は、はい、夜、遅くなっても、帰らないことはなかったんです」

おしんが、声を震わせて言った。

「賭場は、阿部川町にあると聞いたが」

「は、はい」

「そう遠くはない。……行ってみるか」

彦十郎はそう言ったが、阿部川町は広い町なので、簡単に賭場はつきとめられないだろう。

彦十郎が猪七とふたりで、瀬戸物屋から出ようとすると、店に走り寄る足音がし、平兵衛が姿を見せた。平兵衛は、ひどく慌てている。

彦十郎は店から出て、

「どうした、平兵衛」

と、訊いた。おしんに聞かせたくない話かもしれない、と思ったのだ。

「八百屋の八助さんから聞いたんですがね。阿部川町の新堀川沿いの道で、昨夜、殺された男がいるそうですよ」

平兵衛が、昂った声で言った。

八助も、鶴亀横丁の住人である。

「殺されたのは、瀬戸物屋の政造か！」

彦十郎の脳裏に、政造のことがよぎった。

「八助さんは、店の前を通りかかった男が話しているのを耳にしたらしく、政造さんかどうかはっきりしないと言ってました」

「そうか」

彦十郎は胸の内で、政造かもしれぬ、と思った。賭場は、阿部川町にあると聞いていたのだ。

「どうします」

平兵衛が訊いた。

「ともかく、阿部川町まで行ってみよう」

彦十郎が言うと、

「あっしも、行きやしょう」

猪七が、身を乗り出して言った。

彦十郎と猪七は増富屋に寄らず、そのまま阿部川町にむかった。

5

彦十郎と猪七は、鶴亀横丁から出ると、表通りを西にむかった。そして、東本願寺の門前通りに出て、西に足をむけた。

ふたりは新堀川にかかる橋を渡ってから、川沿いの道を南にむかった。いっとき歩くと、道沿いに町屋がつづいていた。この辺りから、阿部川町である。

川沿いの通りには、町人の姿が目についた。地元の住人が多いようだ。

「政造らしい男が殺されたのは、どこかな。変わった様子はねえが」

猪七が、辺りに目をやりながら言った。

「地元の者に、訊いた方が早いな」

そう言って、彦十郎は道沿いにある店に目をやった。

「そこの搗米屋(つきごめ)で、訊いてみるか」

彦十郎は、道沿いにあった搗米屋を目にとめて言った。

「あっしが、訊いてきやしょう」

猪七が、小走りに搗米屋にむかった。

猪七は搗米屋に入り、店の親爺（おやじ）らしい男と何やら話していたが、店から出ると、彦十郎のそばにもどってきた。

「猪七、何か知れたか」

すぐに、彦十郎が訊いた。

「知れやした。この道を二町ほど行くと、笠屋がありやしてね、その脇を入ったところで、殺されたそうで」

「行ってみよう」

彦十郎と猪七は、足早に歩いた。

一町ほど歩くと、遠方に笠屋が見えた。店先に多くの笠が下がっているので、それと知れる。

笠屋の店先には、菅笠（すげがさ）、網代笠（あじろがさ）、編笠（あみがさ）などが下がっていた。合羽（かっぱ）も売っているらしく、「合羽処（どころ）」と書いた紙が貼ってある。

その笠屋の脇に道があり、町人が出入りしていた。その辺りは町人地で、武士の姿はなかった。

彦十郎と猪七は足早に歩き、笠屋の脇まで来た。

「旦那、あそこですぜ！」

猪七が指差した。

笠屋の脇の道を半町ほど行ったところに、人だかりができていた。地元の住人が多いらしく、女子供の姿もあった。

「行ってみよう」

彦十郎と猪七は、足早に脇道を歩いた。

ふたりが人だかりに近付くと、立っている人の肩越しに横たわっている男の姿が見えた。政造らしい男が仰向けに倒れ、辺りの地面に黒ずんだ血が飛び散っている。

「前をあけてくんな。殺された男の知り合いなんだ」

猪七が言うと、前にいた野次馬たちが左右に身を引いてくれた。

彦十郎と猪七は、地面に横たわっている男に近付いた。

「政造だ！」

猪七が、目を剝いて言った。

……政造を斬ったのは、武士だ！

彦十郎は、胸の内で声を上げた。

政造は、肩から胸にかけて斬られていた。刀で、一太刀に斬られたようだ。斬ったのは、腕のたつ武士とみていい。

猪七は政造の遺体を睨むように見据えていたが、顔を上げ、

「だれか、この男が殺されたところを見た者はいねえか」

と、集まっている野次馬たちに目をやって訊いた。

猪七の声で、野次馬たちはざわついたが、目撃者はいないらしく、前に出てくる者はいなかった。

「殺されたのは、昨夜らしい。……この辺りで、武士を見掛けなかったか」

さらに、彦十郎が訊いたが、昨夜、武士の姿を見掛けた者はいないらしく、野次馬たちは口をつぐんだままである。

いっとき、彦十郎と猪七は、政造の死体に目をやっていたが、

「旦那、どうしやす」

と、猪七が訊いた。

「念のため、近所で聞き込んでみるか」

彦十郎が言った。昨夜、近所の住人が通りかかり、政造が殺されたところを目撃したかもしれない。

彦十郎と猪七は、半刻（一時間）ほどしたら、この場にもどることにして分かれた。別々の方が大勢の人から話が聞ける。

ひとりになった彦十郎は、近所の住人が政造が殺されたところを目撃したのではないかと思い、道沿いにある店に目をやった。

彦十郎は、道沿いにある下駄屋を目にとめた。小体（こてい）な店だが、店先の台には、赤や紫などの綺麗な鼻緒をつけた下駄がびっしりと並んでいた。

彦十郎は下駄屋の前まで行き、店のなかに目をやった。

親爺らしい男が、棚に並べてある下駄を手にしていた。並べ換えているらしい。

彦十郎は、店内に入った。

親爺は振り返り、彦十郎を見て驚いたような顔をした。いきなり、見ず知らずの武士が店に入ってきたからだろう。

「ちと、訊きたいことがある」

彦十郎は、笑みを浮かべて言った。親爺を脅かさないように気を使ったのだ。

「なんです」

親爺が、表情をやわらげて訊いた。

「そこで、殺された男がいるのだが、知っているか」

彦十郎が、政造が殺された現場を指差して訊いた。

「知ってやす。てまえも、見てきやした」

「そうか。……昨夜らしいのだが、殺されたところを見なかったか」

彦十郎が訊いた。

「店のなかにいて、見ねえですが、悲鳴を聞きやした」

「悲鳴を聞いたのか！」

彦十郎の声が、大きくなった。

「へい」

「何時ごろだ」

「五ツ（午後八時）ごろで」

「五ツな」

政造は、賭場からの帰りに殺されたのかもしれない、と彦十郎は思った。

「他に、何か耳にしたことはないか」

「ありやす。……男が、てめえたちは、おれを殺す気か、と叫びやした」

「殺された男が、叫んだのだな」

「そうでさァ」

「他に、何か耳にしたことはないか」

「ひ、人の倒れるような音がしやした」

親爺の声が、震えた。そのときのことが、蘇ったのだろう。

「殺した男が、何か口にしなかったか」

さらに、彦十郎が訊いた。

「いくぞ、と男の声がしやした。てまえが耳にしたのは、それだけで」

「襲ったのは、何人ぐらいか分かるか」

彦十郎は、足音で見当がつくのではないかと思って、そう訊いたのだ。

「三、四人、いるようでした」

「三、四人か」

彦十郎が訊くと、親爺は無言でうなずいた。

「手間を取らせたな」

彦十郎はそう声をかけ、下駄屋から出た。

さらに、彦十郎は道沿いの古着屋に立ち寄って話を訊いたが、新たなことは知れなかった。

6

彦十郎が猪七と別れた場所にもどると、猪七が待っていた。

「歩きながら話すか」

彦十郎が、猪七に言った。

「殺された政造は、どうしやす」

猪七が、地面に横たわっている政造に目をやって訊いた。

「戸板でもないと、政造を横丁まで運べないな。このまま横丁に帰り、戸板を持って出直そう」

彦十郎は戸板を用意するとともに、何人かの男の手を借りようと思った。

「政造は、賭場からの帰りに殺されたようだ」

彦十郎が、歩きながら言った。

「政造が、殺されたところを見たやつがいやした」

猪七が声高に言った。

「話してくれ」

彦十郎は、猪七に目をやった。

「政造を斬ったのは、二本差しでさァ」

「そのようだな」

彦十郎も、殺された政造の傷口を目にしたときから、下手人は武士とみていた。

「二本差しは、ふたりいたようですぜ」

「なに、ふたりいたのか」

彦十郎が聞き返した。ふたりいるとは、思わなかったのだ。

「ひとりは、牢人のようでさァ」

猪七が聞いた話によると、武士のひとりは、小袖に袴姿で大小を帯びていたという。もうひとりは、小袖を着流し、大刀だけを落とし差しにしていたそうだ。

「ふたりは、賭場をひらいている親分の用心棒かもしれんな」

彦十郎が言った。

「その親分ですがね。弥左衛門(やざえもん)という名で、浅草田原町(たわらまち)から阿部川町界隈まで縄張りにしているそうですぜ」

「弥左衛門か。猪七は、弥左衛門を知っているのか」

「名は聞いてやしたが、顔を見たこともねえんで……」

猪七が、語尾を濁した。

「いずれにしろ、弥左衛門の賭場に、政造は出入りしていたわけだな」

「そうみて、いいようで」

猪七が、目を光らせて言った。

「政造は、なぜ殺されたのだ。賭場で、いかさまでもやったのかな」

彦十郎は首を捻った。

「客の政造が、いかさまをやったとは思えねえ」

「そうだな。……賭場の客の政造が、いかさまをやるのはむずかしいな。それに、政造には、弥左衛門の子分が何人もいる前で、いかさまをやるような度胸はあるまい」

彦十郎が言った。政造は、何か別の理由があって殺されたのだろう。

彦十郎と猪七は、そんな話をしながら新堀川沿いの道を北にむかい、東本願寺の門前通りを経て、鶴亀横丁のある浅草西仲町に入った。

彦十郎たちが増富屋にもどると、帳場に平兵衛と神崎弥五郎の姿があった。神崎は平兵衛と何か話していたようだ。

神崎は牢人で、鶴亀横丁の長屋に妻女とふたりで住んでいた。増富屋で、仕事を斡旋してもらって暮らしている。

神崎は、剣の遣い手だった。金になれば、危ない仕事も引き受けるし、横丁に難事があると、彦十郎たちに手を貸してくれる。

「神崎さまに、風間さまと猪七さんが、瀬戸物屋の政造さんのことで出かけていることを話してたんです」

平兵衛が言った。

「その政造だがな、阿部川町で、殺されていたよ」

彦十郎が、声をひそめて言った。

「やはり、そうでしたか……」

平兵衛が、肩を落とした。

「だれが、政造を殺したのか、分かっているのか」

神崎が、抑揚のない声で訊いた。

神崎の歳は、二十代半ばだった。面長で、切れ長の目をしている。肩幅が広く、腰が据わっていた。

「政造を斬ったのは、何者かはっきりしないが、武士であることはまちがいない。それも、遣い手とみていい」

彦十郎は、政造が一太刀で仕留められていたことを話し、

「死体を見れば、分かる」

と、言い添えた。

「それで、政造さんの遺体は、どうします」

平兵衛が、眉を寄せて訊いた。

「とりあえず、瀬戸物屋まで運んでやろうと思って、もどってきたのだ」

彦十郎が言うと、

「戸板に乗せて、運ぶつもりでさァ。その戸板と、何人かに手を貸してもらいてえと思って、横丁に帰ってきやした」

猪七が、平兵衛に目をやって言い添えた。

「すぐ、手配しますよ」

そう言って、平兵衛は戸口から出ていった。

彦十郎たちが、増富屋で小半刻（三十分）ほど待つと、横丁に店のある権造と元次郎が戸板を持って、平兵衛の後についてきた。

「権造たちも、手を貸してくれるのか」

彦十郎が訊いた。

「横丁に住む者は、家族といっしょでさァ」

元次郎が言うと、権造がうなずいた。

彦十郎、神崎、猪七、それに、権造と元次郎がくわわり戸板を持って浅草阿部川町にむかった。

7

彦十郎たちは、阿部川町の新堀川沿いの道を南にむかい、笠屋の脇の道に入っていっとき歩いた。

「あそこだ」

彦十郎が、半町ほど先を指差して言った。

まだ、人だかりができていた。彦十郎たちが近付くと、集まっていた野次馬たちが、慌ててその場から離れた。彦十郎たちが戸板を持っていたので、殺された男とかかわりがあるとみたようだ。

彦十郎たちは、戸板を地面に横たわっている政造の脇に置いてから、あらためて遺体に目をやった。

「それにしても、なぜ、政造は殺されたのだ」

神崎が訊いた。

「分からん。賭場で、何かあったのだろうな」

「うむ……」

神崎はいっとき間をとった後、

「ところで、賭場はどこにあるのだ」

と、声をあらためて訊いた。

「この道の先だと思うが」

彦十郎が言った。政造は、賭場からの帰りに殺されたと見ていい。

「せっかく来たのだ。賭場を見ておくか」

「そうだな」

彦十郎も、賭場を見ておきたいと思った。

「ともかく、政造の遺体を通りの邪魔にならないところに運んでおこう」

神崎が言った。

彦十郎たちは政造の遺体を戸板に乗せると、道沿いで枝葉を茂らせていた椿の樹陰に運んだ。

「賭場は、どこにあるのだ」

彦十郎が、通りの先に目をやって言った。

「そこにいる男に、訊いてきやす」

猪七が、路傍に立っていた遊び人ふうの男に近付いた。男は、彦十郎たちが遺体を運ぶのを見ていたらしい。

猪七は、男と何やら言葉をかわしていたが、彦十郎たちのそばにもどると、

「知れやしたぜ。この道の先のようで」

そう言って、指差した。

「行ってみるか」

彦十郎たちは、通りの先に足をむけた。

「稲荷(いなり)がありやしてね。その先に、板塀をめぐらせた家があるそうでさァ」

歩きながら、猪七が言った。

「その家が、賭場か」

「親分の弥左衛門が、情婦(いろ)をかこっていた家のようですぜ」

「そうか」

彦十郎たちは、さらに歩いた。

「あそこに、稲荷がありやす！」

猪七が、通りの先を指差して言った。

通り沿いに赤い鳥居があり、稲荷の祠があった。まわりに、樫や欅などが葉を茂らせている。近付いて見ないと、稲荷の杜とは思わないかもしれない。

猪七が先にたち、鳥居の前まで来ると、

「この先の家か」

彦十郎が、稲荷の杜の先を指差した。

道沿いに、板塀をめぐらせた仕舞屋があった。丸太を二本立てただけの簡素な吹抜門があった。門扉はないので、自由に出入りできる。

仕舞屋は、通りからすこし離れた場所に建っていた。吹抜門を入り、松、紅葉、梅などが植えられた庭を通って、仕舞屋の戸口まで行くらしい。

「あの家だな」

神崎が言った。

「賭場には、見えんな」

通りかかった者が目にしても、賭場とは思わず、妾宅か商家の旦那の隠居所と見るだろう。

「近付いてみよう」

彦十郎たちは通行人を装い、仕舞屋に近付いた。

吹抜門のそばまで来ると足をとめ、あらためて仕舞屋に目をやった。家の出入り口の板戸はしまっていた。留守なのか、家から物音も人声も聞こえない。

「賭場には、いい場所だ」

彦十郎が言った。

「だれもいないようだ」

神崎は、吹抜門の間から仕舞屋に目をやっている。

「今日は、賭場をひらかねえな」

猪七が言った。

「そうらしい」

彦十郎は、政造を殺したばかりなので、親分の弥左衛門は用心しているのではないかとみた。

「どうしやす」

猪七が訊いた。

「もどるか。……政造の遺体を瀬戸物屋まで運んでやろう」

彦十郎は、横丁のみんなで政造を葬ってやるつもりだった。

彦十郎たちは来た道を引き返し、政造の遺体を置いた椿の樹陰にもどった。

遺体を瀬戸物屋に運んだ翌々日、平兵衛や彦十郎たちが喪主のおしんに手を貸して葬儀をおこなった。鶴亀横丁の住人たちも、残されたおしんとまだ幼い房吉のために手伝ってくれた。

8

政造の葬儀が済んだ三日後だった。

おしんが房吉の手を引き、増富屋に入ってきた。顔が恐怖で引き攣り、体が立っていられないほど顫えていた。房吉まで、恐怖で顔が青褪めている。

おしんは、顔を合わせた平兵衛に、

「み、店に、ならず者たちが!」

と、声を震わせて言った。

「ならず者たちが、どうした」

平兵衛が訊いた。

「お、押し入ってきて、あたしと房吉に、店から出ていけと」

「大勢か」

「五、六人」

「ここにいてくれ。すぐに、風間の旦那を呼ぶ」

平兵衛は二階につづく階段の下から、

「風間の旦那！　来てくれ」

と、大声で言った。

すると、障子をあける音につづいて、階段を駆け下りる音がし、彦十郎が顔を出した。大刀を手にしている。

「どうした」

彦十郎が、声高に訊いた。

「おしんさんの店に、ならず者たちが踏み込んできたようです」

平兵衛が、大声で言った。

「何人だ」

彦十郎は、大刀を手にしたままおしんのそばに来た。

「五、六人です」

おしんは、顫えている。

「武士はいるか」

「い、いません」

「すぐ、行く。……平兵衛、神崎に知らせてくれ」

「承知しました」

平兵衛は、すぐに戸口にむかった。

「おしん、房吉を連れていっしょに来てくれ」

「は、はい」

「いくぞ！」

彦十郎は、戸口にむかった。

おしんは房吉の手を引いて、彦十郎についてきた。

彦十郎は、先に戸口から外に出た。おしんは房吉の手を引いて、後からついてくる。

瀬戸物屋の近くまで来ると、男たちの怒鳴り声や瀬戸物の割れる音などが聞こえた。瀬戸物屋からすこし離れた場所に、近所の住人たちが集まっていた。男だけでなく、年寄りや女子供もいる。

集まっている人々の間から、「風間さまだ！」「風間さまが、駆け付けたぞ！」などいう声が聞こえ、ワアッ！　という歓声や拍手まで起こった。

彦十郎は店の戸口まで来ると、足をとめ、

「ふたりは、ここにいろ」

と、おしんと房吉に声をかけた。

彦十郎は抜刀し、抜き身を手にしたまま店に踏み込んだ。

店内に、男が五人いた。いずれも遊び人ふうで、武士の姿はなかった。男たちは、店の棚に置かれた売り物の丼や茶碗を土間にたたきつけて割ったり、湯飲みを放り投げたりしていた。

「待て！」

彦十郎が声を上げた。

五人の男は、瀬戸物を手にしたまま振り返った。そして、抜き身を手にして立っている彦十郎を見て、

「お侍さま、あっしらに、何か用ですかい」

と、五人のなかでは、兄貴格と思われる大柄な男が訊いた。口許に薄笑いが浮いている。

「何だ、おまえたちは！　他人の店で、暴れおって。壊した瀬戸物は、みんな買い取

ってもらうからな」

彦十郎が、男たちを睨みつけて言った。

「旦那、ここは、あっしらの店ですぜ。瀬戸物を割ろうが、店を取り壊そうが、あっしらの勝手でさァ」

大柄な男は、そう言って手にした茶碗を足許にたたきつけた。茶碗が、大きな音をたてて砕け散った。

「ここは、おまえたちの店ではない」

彦十郎が、手にした刀を振り上げた。

「だ、旦那、これを見てくれ」

大柄な男が、慌てて懐から折り畳んだ紙を取り出した。

「なんだ、それは」

彦十郎は、振り上げた刀を下ろした。

「この店の旦那の政造が、あっしらに渡した借金の証文でさァ。政造は、八十両もの大金をあっしらに借りましてね。金が返せねえときは、この店を明け渡すことになってるんですぜ」

大柄な男が、薄笑いを浮かべて言った。

「なに、政造が、八十両借りただと」

彦十郎はすぐに、博奕だ、と思った。政造は、弥左衛門の賭場で金を借り、証文を無理やり書かされたにちがいない。

「へい、政造は金を借りたまんまで死んじまったし、あっしらは貸した金の代わりに店をとるしか、手がねえんでさァ」

「政造を殺したのは、おまえたちか」

彦十郎が、大柄な男を睨みつけて言った。

「あっしらは、政造を殺したりしねえ」

大柄な男が、語気を強くして言った。

「いずれにしろ、この店を壊すつもりなら、おれが、おまえたちを斬る」

彦十郎が、男たちを睨みつけて言った。

大柄な男は顔をしかめて口をつぐんでいたが、

「仕方がねえ。今日のところは、引き上げるか」

そう言った後、手にした証文を広げて見せ、

「旦那、また来やす。あっしらには、証文がありやすからね。店を壊そうが、建て直そうが、あっしらの勝手ですぜ」

と、語気を強くして言った。

大柄な男は、そばにいた仲間たちに、「引き上げるぜ」と声をかけ、戸口にむかった。

店内にいた男たちも、大柄な男につづいて店から出ていった。

彦十郎は、店から出ていく男たちを見据えながら、

……次は、大勢でくるぞ。

と、胸の内でつぶやいた。

第二章　襲撃

1

増富屋の帳場に、四人の男が集まっていた。彦十郎、神崎、猪七、それに平兵衛である。

瀬戸物屋に、弥左衛門の子分たちが踏み込んできた翌日である。彦十郎が猪七に話し、神崎も来てもらったのだ。

おしげが淹れてくれた茶を飲んでから、

「このまま、瀬戸物屋から手を引くとは思えん」

と、彦十郎が切り出した。

「それにしても、瀬戸物屋を借金の形(かた)にとって、何をするつもりですかね」

平兵衛が、首を捻った。

「そうだな。弥左衛門一家の者たちが、瀬戸物屋をやるとは思えんし、別の商売をやるとしても、この横丁よりいい場所はいくらもあるはずだ」

彦十郎は、参詣客や遊山客の多い浅草寺界隈や門前通りなら、鶴亀横丁より商いに適した場所があるだろうと思った。

「いずれにしろ、弥左衛門は、瀬戸物屋から手を引くまい」

神崎が言った。

「近いうちに、また、子分たちが瀬戸物屋に来るはずだ。しかも、大勢でな」

彦十郎は、下手に手を出すと、返り討ちに遭うのではないかとみた。

次に口をひらく者がなく、帳場が重苦しい沈黙につつまれると、

「念のため、佐島さまの手を借りますか」

平兵衛が言った。

佐島八之助は、鶴亀横丁に住む牢人だった。還暦に近い老人で、家にいることが多く、老妻とふたりで暮らしていた。老齢だが剣の遣い手で、横丁に何かあると彦十郎たちに力を貸してくれる。

「佐島どのがいっしょなら心強いな」

彦十郎は、佐島に手を貸してもらいたいと思った。

「あっしが、佐島の旦那に話してきやすよ」

そう言い残し、猪七が店から出ていった。

いっときすると、猪七が佐島を連れてもどってきた。

平兵衛は佐島が、帳場に腰を下ろすのを待って、

「佐島さま、横丁にある瀬戸物屋の政造が殺されたことを耳にしてますか」

と、訊いた。

「知っておる。……それに、瀬戸物屋に、ならず者たちが乗り込んできたそうではないか」

佐島が、座敷にいた彦十郎たちに目をやって言った。

「よく、御存知で」

平兵衛が感心したような顔をした。

「横丁は、噂が広まるのが早いからな。それで、わしに何の用だ」

佐島が訊いた。

「佐島どのに、手を貸してもらいたい。瀬戸物屋は、ならず者たちに乗っ取られそうなのだ。このままだと、後に残った女房のおしんと幼い房吉は、店から追い出される

ことになる」

彦十郎が言った。

「わしに、何かできることがあるのか」

「ある。おれたちといっしょにならず者たちから、瀬戸物屋だけでなく、鶴亀横丁を守ってもらいたいのだ」

彦十郎が言った。彦十郎の胸の内には、親分の弥左衛門は瀬戸物屋をつづけるつもりなどなく、瀬戸物屋で何か別のことを始め、横丁を自分の縄張りにするつもりではないか、との読みがあったのだ。

「手を貸そう。わしも、横丁の住人だからな」

佐島が、語気を強くして言った。

「それは、ありがたい」

平兵衛は表情をやわらげて礼を口にし、

「佐島さま、本来ならば、相応の礼金を渡さねばなりませんが、後に残された瀬戸物屋のおしんさんは食べるのがやっとで、礼金は出せないのです。ここにいる風間さまたちも、礼金なしで動いてもらっています」

と、言い添えた。

「承知している。……横丁の者が、助け合って生きていくことは大事だからな。わしも、いつ横丁の者たちの世話になるか分からない」

佐島が言った。

「てまえたち横丁に住む者は、助け合って生きていくことが大事です」

平兵衛が、しんみりした口調で言った。

彦十郎や佐島たちが、そんなやり取りをしているところに、おしげが姿を見せた。おしげは、湯飲みを載せた盆を手にしていた。茶を淹れてくれたらしい。

「佐島さま、いらっしゃい」

おしげは、佐島に挨拶してから、男たちの脇に湯飲みを置いた。そして、平兵衛に「何かあったら、知らせてくださいね」と小声で言い、すぐに奥にもどった。その場にいると、男たちの話の邪魔になると思ったらしい。

彦十郎たちは、小半刻（三十分）ほど、これまでの経緯を佐島に話した後、

「どうだ、瀬戸物屋の様子を見てくるか」

と、彦十郎が男たちに目をやって言った。

「そうしよう」

すぐに、佐島が腰を上げた。

彦十郎も、湯飲みの茶を飲み干して立ち上がった。

彦十郎、神崎、佐島、猪七の四人は増富屋を出ると、瀬戸物屋に足をむけた。増富屋と瀬戸物屋は、それほど離れていないので、すぐに店が見えてきた。

「店は、ひらいているようですぜ」

猪七が言った。

「ひらいているが、客はいないようだ」

彦十郎は、店先に置いてある瀬戸物がすくないような気がした。それに、店先に客の姿もない。

彦十郎たちは、瀬戸物屋の戸口に立ってなかを覗(のぞ)くと、奥の小座敷におしんと房吉の姿があった。おしんが、房吉に何か話しているらしい。

おしんは、店先に立った彦十郎たちに気付いたらしく慌てて立ち上がり、房吉を残して店先に出てきた。

「おしん、変わりないか」

彦十郎が訊いた。

「は、はい……」

おしんは、声をつまらせて返事した後、

「半刻（一時間）ほど前、遊び人のような男がふたり、店を覗いていたので、怖くて……」

と、言い添えた。

「弥左衛門の子分が、様子を見にきたのかもしれん」

彦十郎はそう言った後、

「佐島どのも、手を貸してくれることになったのだ」

と言って、佐島に目をやった。

「わしも、風間どのたちといっしょに動くつもりだ。たいしたことはできないが、よろしく頼む」

佐島が、表情をやわらげて言った。すこしでも、おしんを安心させようと、気を使ったらしい。

「ど、どうぞ、お入りになってください。お茶を淹れます」

おしんはそう言って、彦十郎たちを店に入れようとした。

「いや、いま、茶を飲んできたところなのだ」

彦十郎は、「何かあったら、知らせてくれ」と言い残し、佐島たちと来た道を引き返した。

彦十郎たちは店の様子を見に来ただけなので、おしんの手をわずらわせたくなかったのだ。

2

彦十郎、神崎、佐島、猪七の四人で、瀬戸物屋の様子を見にいった翌日だった。彦十郎が朝餉の後、増富屋の帳場で平兵衛と話していると、猪七が戸口から飛び込んできた。

「た、大変だ！」

猪七が、彦十郎を見るなり声を上げた。

「どうした」

すぐに、彦十郎が訊いた。

「十人ほど、ならず者が瀬戸物屋の方に行きやした」

「なに、十人もいるのか！」

彦十郎は、人数が多いと思った。瀬戸物屋で、何かするつもりではあるまいか。

「猪七、神崎と佐島どのに、知らせてくれ！　おれは、瀬戸物屋にむかう」

彦十郎は、傍らにあった刀を引き寄せて言った。

「てまえが佐島さまに知らせます。猪七さんは、神崎さまを頼む」

そう言って、平兵衛が立ち上がった。

彦十郎、猪七、平兵衛の三人は、すぐに増富屋を出た。

彦十郎はひとり、瀬戸物屋にむかった。店の近くまで行くと、近所の住人たちが集まって瀬戸物屋に目をやっていた。店の主人だけでなく、女子供の姿もあった。集まっている者たちのなかから、「風間の旦那だ！」「増富屋から、駆け付けたのだ」などという声が、あちこちで聞こえた。

彦十郎は瀬戸物屋の戸口に、五人の男が立っているのを目にした。遊び人ふうの男が四人、それに武士がひとりいた。

武士は小袖に角帯姿で、大刀を一本落とし差しにしていた。武士とはいっても、無頼牢人といった感じである。

瀬戸物屋の表にいるだけではなかった。店のなかからも、男の怒鳴り声や瀬戸物を割るような音が聞こえた。

彦十郎が店に近付くと、表にいた男たちから、「増富屋のやつだ！」「風間だぞ！」などと声が聞こえた。何人か、彦十郎のことを知っている男がいるようだ。

店先にいた牢人は彦十郎を目にすると、すぐに刀を抜いた。近くにいた遊び人ふうの男たちも、脇差や匕首(あいくち)を手にした。

彦十郎は店の前まで来ると、足をとめて刀を抜いた。

遊び人ふうの男たちが、

「刀を抜いたぞ!」

「殺(や)っちまえ!」

などと叫び、手にした脇差や匕首を彦十郎にむけた。

彦十郎の前に立ったのは、牢人だった。目が細く、浅黒い肌をしている。

「貴様が、風間か」

牢人が訊いた。

「いかにも。おぬしの名は」

「名無しだ」

牢人が嘯(うそぶ)くように言った。

「弥左衛門の子分か」

「問答無用!」

牢人は声高に言い、手にした刀を青眼(せいがん)に構えると、彦十郎との間合をつめてきた。

対する彦十郎も青眼に構え、剣尖（けんせん）を牢人の目にむけた。腰の据わった隙のない構えである。

牢人が驚いたような顔をして足をとめ、慌てて後ずさった。彦十郎の構えには隙がなく、剣尖が、そのまま眼前に迫ってくるような威圧感があったからだろう。

このとき、戸口にいた遊び人ふうの男が、彦十郎の左手にまわり、

「死ねッ！」

と叫びざま、匕首を胸の前に構えてつっ込んできた。そして、彦十郎に斬りつけようとして、匕首を突き出した。

彦十郎は右手に踏み込んで匕首をかわし、遊び人ふうの男にむかって刀を袈裟（けさ）に払った。素早い体捌き（たいさば）きである。

彦十郎の切っ先が、匕首をつかんだ男の肩から胸にかけて斬り裂いた。

ギャッ！　と、悲鳴を上げて、男がよろめいた。

男の肩から胸にかけて小袖が裂け、露（あらわ）になった肌に血の線がはしった。

男は手にした匕首を取り落として、よろめいた。そして、足がとまると、恐怖に顔をゆがめて身を引いた。逃げたのである。

これを見た牢人は驚いたような顔をし、慌てて後ずさった。彦十郎が、これほどの

遣い手とは、思っていなかったのだろう。

そのとき、彦十郎の背後に走り寄る足音がした。

彦十郎は、刀を手にしたまま振り返った。通りの先に、神崎と佐島の姿が見えた。

ふたりのそばに、猪七と平兵衛もいる。

すると、すこし離れた場所に集まっていた横丁の住人たちの間から、「神崎さまだ！」「佐島さまも、いっしょだぞ！」などという声が、あちこちで聞こえた。歓声が起こり、拍手した者もいる。

彦十郎に切っ先をむけていた牢人は、神崎や佐島の姿を目にすると、慌てて後ずさった。そして、彦十郎との間があくと、瀬戸物屋のなかに飛び込んだ。

すぐに、店に飛び込んだ牢人と大柄な武士が姿を見せた。大柄な武士は、小袖を着流し、二刀を帯びていた。この男も、牢人かもしれない。

「二本差しが、三人か。面倒だな」

大柄な武士が、彦十郎、神崎、佐島の三人に目をやって言った。

「今日のところは、引き上げるか」

牢人体の男は、手にした刀を鞘に納めた。

「そうだな。手勢を増やして、出直すか」

大柄な武士が言うと、脇にいた遊び人ふうの男が、

「あっしが、知らせやす」

と言って、瀬戸物屋に飛び込んだ。

そして、遊び人ふうの男や渡世人らしい男など、三人を連れて店から出てきた。

三人のなかの大柄な男が、

「引き上げるぞ！」

と、声をかけた。この男が、まとめ役らしい。

瀬戸物屋の店先に集まったのは、武士がふたり、それに遊び人や渡世人ふうの男など、弥左衛門の子分と思われる男が、七、八人いた。

男たちは、瀬戸物屋の前から離れると、鶴亀横丁の出入り口の方にむかって走りだした。

すると、瀬戸物屋から離れた場所で見ていた横丁の住人たちの間から、「逃げたぞ！」「ざまあねえや！」「二度と来るな！」などという声が飛び交い、なかには足許の小石をつかんで、逃げる男たちに投げつける者もいた。

3

彦十郎は、神崎や平兵衛たちが近付くのを待ち、

「おしんと房吉は、どうしたかな」

と言って、瀬戸物屋に入った。

店の戸口近くに並べられていた瀬戸物の多くが、床に落ちて割れたり、砕けたりしていていた。

店の奥の小座敷に、おしんと房吉の姿があった。おしんが、房吉を抱きしめている。房吉は、おしんの胸に顔を押しつけて泣いていた。おしんも、恐怖で引き攣ったような顔をして、身を震わせている。

「大事ないか」

彦十郎が、おしんに目をやって訊いた。

「は、はい……」

おしんは声を震わせ、

「お、男たちが、何人も店に入ってきて……。わたしに、ここはおまえの店ではない

から、すぐに出ていけといって、刀をむけたんです」

と、房吉を抱いたまま言った。

「わたし、怖かったんですが、ここは、わたしの店です、と言いました。すると、わたしの前にいた男が、この店はおれたちのものだ。ぐずぐずしてると、斬り殺すぞ、と言って、刀をむけたんです」

おしんは、涙声になった。

「わたし、この子の着替えだけでも持って出ようと思って、座敷にもどろうとしました。そうしたら、すぐに出ろ、と言って……。そんなやり取りをしているところに、風間さまたちが、来てくれて」

おしんは、房吉を抱きしめたまましゃくり上げた。

彦十郎は背後に立っている平兵衛たちに目をやり、「どうする」と小声で訊いた。彦十郎も、どうしていいか分からなかったのだ。

「それにしても、しつこいですね。どうも、借金の形に、店を取り上げようとしているだけでなく、他にも狙いがあるような気がしますが……」

平兵衛が言った。

「他の狙いとは」

彦十郎が訊いた。

「てまえにも、分かりません」

「いずれにしろ、このままでは済むまい。様子を見て、また、この店に踏み込んでくるはずだ」

彦十郎が言うと、

「おしんさん、近所に寝泊まりできるような家がありますか」

平兵衛が訊いた。

「田原町二丁目に、わたしの兄がいます」

おしんによると、兄の名は伊吉(いきち)で、下駄屋をやっているという。

「ただ、狭い店なので、長くはいられません」

おしんが、涙声で言った。

「そうか」

平兵衛が口をつぐむと、それまで黙って聞いていた神崎が、

「長屋に、あいている家があるぞ」

と、口を挟んだ。

「それなら、てまえが大家の桑五郎(そうごろう)さんに話しましょう。おしんさんは、房吉とふた

りでしばらく長屋に住むといい」

「あ、ありがとうございます」

おしんが、房吉を抱いたまま深々と頭を下げた。


その日のうちに、おしんは房吉を連れて桑五郎店に移り住んだ。家にある着物や暮らしに必要な物は、様子を見て取りにもどるという。

その後、彦十郎たちは、ときどき瀬戸物屋に足を運んだ。親分の弥左衛門が、瀬戸物屋から手を引くとは思えなかったのだ。

おしんと房吉が、長屋に移り住んだ三日後だった。瀬戸物屋の様子を見に行った猪七が、慌てた様子で、増富屋にもどってきた。

「瀬戸物屋の様子を探っているやつが、いやす」

猪七が、帳場にいた平兵衛と彦十郎に言った。

「何人もいるのか」

彦十郎が訊いた。

「ひとりで」

「ひとりか。……どうだ、その男を捕らえて、話を訊いてみるか。弥左衛門は瀬戸物屋をおしんから取り上げて、何をしようとしているのか、知りたい。まさか、瀬戸物屋をつづけるつもりではあるまい」

彦十郎が言うと、

「神崎の旦那の手を借りやすか」

猪七が、身を乗り出して言った。

「神崎が来るまでに、その男は横丁から出てしまうかもしれん」

彦十郎が、戸惑うような顔をした。

「てまえが、神崎の旦那に知らせます。風間さまと猪七さんとで、その男が逃げようとしたら、捕らえてくだされ」

平兵衛が言った。

「猪七、行くぞ」

彦十郎が猪七に声をかけ、戸口にむかった。

ふたりが戸口から出ると、猪七が先にたった。そして、前方に瀬戸物屋が見えてくると、

「いやす！　店の脇に」

猪七が、指差して言った。

見ると、遊び人ふうの男が瀬戸物屋の前に立って、閉めてある板戸の隙間からなかを覗いたり、板戸に手をかけて引いたりしていた。店のなかの様子を、探っているらしい。

「猪七、先に行け！　やつの向こう側にまわって、逃げ道を塞ぐのだ」

彦十郎が、声高に言った。

「承知しやした」

猪七は、小走りになった。遊び人ふうの男に気付かれないように、道の端を通って瀬戸物屋の前を通り過ぎた。

猪七は半町ほど行ったところで足をとめて踵を返すと、瀬戸物屋の方にもどってきた。

彦十郎も、小走りに瀬戸物屋に近付いた。そして、瀬戸物屋の近くまで来ると急に足を速めた。

瀬戸物屋の前にいた男は、近付いてくる彦十郎に気付いたらしく、反転して逃げようとした。だが、瀬戸物屋の店先から動かなかった。近くまで来ている猪七に、気付いたようだ。

「殺してやる！」

男は叫びざま、懐から匕首を取り出した。

彦十郎は男に近付くと、無言のまま刀を抜いて峰に返した。峰打ちで、仕留めるつもりなのだ。

男は目をつり上げ、匕首を顎の下に構えて彦十郎の左手にまわり込んだが、腰が引けている。逃げるつもりらしい。

「逃がさぬ！」

彦十郎は素早い動きで踏み込み、刀身を横に払った。一瞬の太刀捌きである。

峰打ちが、逃げようとした男の脇腹をとらえた。

男は手にした匕首を取り落とし、苦しげな呻き声を上げてよろめいた。そして、足がとまると、両手で腹を押さえて蹲った。

「動くな！」

彦十郎が、男の顔の前に切っ先を突き付けた。

男は、蹲ったまま動かない。そこへ、猪七が男の背後にまわり込み、男の両腕を後ろにとって縛った。若いころ岡っ引きをやっていただけあって、なかなか手際がいい。

「どうしやす」

猪七が、彦十郎に訊いた。

「増富屋の裏に、連れていく」

彦十郎が言った。増富屋の裏手に納屋があり、そこで捕らえた男を尋問することがあったのだ。

4

彦十郎は増富屋に着くと、平兵衛に男を捕らえたことを話した。そして、猪七とふたりで、男を店の裏手にある納屋に連れ込んだ。

「ここに、座れ」

彦十郎は、捕らえた男を納屋の土間に座らせた。男は薄暗い納屋のなかで、恐怖に身を震わせている。

「ここは、拷問蔵だ。訊かれたことに答えなければ、地獄を見るぞ」

彦十郎はそう言った後、

「おまえの名は」

と、男を見据えて訊いた。

男は戸惑うような顔をしたが、

「安五郎で」

と、小声で名乗った。

「瀬戸物屋を探っていたな」

「店をやっているか、見ただけでさァ」

安五郎が、上目遣いに彦十郎を見て言った。

「親分の弥左衛門に言われてきたのか」

彦十郎が、弥左衛門の名を出して訊いた。

いっとき、安五郎は虚空に目をやって口をつぐんでいたが、

「そうでさァ。あっしは、様子を見にきただけで」

と、小声で言った。

「うむ……」

彦十郎はいっとき黙っていたが、

「弥左衛門は、瀬戸物屋で何をやろうとしているのだ。瀬戸物屋をつづける気ではあるまい」

と、語気を強くして訊いた。

安五郎は戸惑うような顔をしていたが、

「料理屋をひらくと、聞きやした」

首をすくめて言った。

「料理屋だと！」

彦十郎の声が大きくなった。

「そうで」

安五郎が小声で言った。

「なにゆえ、この横丁に、料理屋など開くのだ」

彦十郎が、訊いた。そばにいる猪七も首を捻っている。

「料理屋は、表向きでしてね。裏手に離れを造って、そこを賭場にするつもりなんで」

「賭場だと！」

思わず、彦十郎が聞き返した。

「そう聞いてやす」

「鶴亀横丁で、賭場をひらくのか」

「だれも、この横丁に賭場があるとは思わねえ。町方の目も逃れられる。浅草寺には近えし、客も集まる。……賭場をひらくには、いい場所でさァ」

安五郎は、隠さず話すようになった。すこし喋ったことで、隠す気が薄れたようだ。

「うむ……」

彦十郎は、顔を厳しくした。言われてみれば、鶴亀横丁は、賭場をひらくのにいい場所かもしれない。

彦十郎が口をつぐむと、黙って聞いていた猪七が、

「あっしも、訊きてえことがありやして」

と、彦十郎に目をやって言った。

「訊いてくれ」

彦十郎は、安五郎の前から身を引いた。

「瀬戸物屋にこだわるのは、どういうわけだい。鶴亀横丁には、空き地もあるぜ」

猪七が、安五郎を見据えて訊いた。

「瀬戸物屋の間口はそれほど広くねえが、裏手が広い空き地になっていて、都合がいいんでさァ」

「どういうことだい」

猪七が訊いた。

「瀬戸物屋のあるところに、二階建ての料理屋を建てやしてね。裏手に離れを造るんでさァ。……離れを賭場にすれば、町方には気付かれねえ」

安五郎が嘯くように言った。

「そういうことかい」

猪七は、安五郎の前から身を引いた。

すると、安五郎は彦十郎に目をやり、

「あっしの知っていることは、みんな話しやした。……旦那たちのことは、言わねえから、あっしを帰（けえ）してくだせえ」

と、身を乗り出して言った。

「帰せだと。安五郎、死にたいのか」

彦十郎が、安五郎を見据えて言った。

「……！」

安五郎の顔から、血の気が引いた。

「おまえが、おれたちに摑まったことは、すぐに、弥左衛門や子分たちに知れるぞ。無傷（むきず）で帰ってこられたのは、おれたちに訊かれたことを話したからだ、と気付くはずだ。それでも、親分はこれまでと変わらず、おまえを子分のひとりとして扱ってくれるかい」

彦十郎が、語気を強くして訊いた。

「こ、殺される!」

安五郎が、声を震わせて言った。

「死にたくなかったら、しばらくここにいろ。様子を見て逃がしてやる」

彦十郎が言うと、安五郎は首をすくめるように頭を下げた。

彦十郎と猪七が、安五郎を納屋に残して増富屋の帳場にもどると、平兵衛と神崎の姿があった。

神崎は彦十郎たちの姿を見ると、

「平兵衛から聞いたばかりだが、瀬戸物屋を窺っていた男を捕らえたそうだな」

すぐに、訊いた。

「名は安五郎だ。……安五郎の話でな、弥左衛門が、瀬戸物屋にこだわっている理由が分かったよ」

彦十郎はそう言って、安五郎から聞いたことを話した。

「弥左衛門の狙いは、賭場ですか」

平兵衛が言った。

「それに、この横丁を足掛かりにして、浅草寺界隈まで縄張りを広げるつもりではないかな」

彦十郎が言うと、

「そんなことは、させません」

平兵衛が、いつになく厳しい顔をして言った。

5

彦十郎たちが、安五郎を捕らえて話を聞いた三日後だった。

増富屋の斜向かいにある一膳めし屋の主人の稲吉が、増富屋に入ってきた。帳場にいた平兵衛は稲吉に気付くと、すぐに近寄り、

「稲吉さん、どうしました」

と、訊いた。

「平兵衛さん、気付いてますか」

稲吉が強張った顔で訊いた。

「何のことです」

「ここ二日、てまえの店の脇に立って、増富屋さんを見ている男がいました」

稲吉が声をひそめて言った。

「どんな男です」

平兵衛が、稲吉に身を寄せて訊いた。

「遊び人のようでしたが、手拭いで頬っかむりして顔を隠してました」

「うちの店を見張っていたのかな」

「そんな気がしました」

「その男、ひとりでしたか」

平兵衛は、弥左衛門の子分ではないかと思った。彦十郎や猪七が、増富屋に出入りしているのを目にしたのかもしれない。

「ひとりのときも、ありましたが、牢人のような男がいっしょのこともありましたよ」

「そうですか」

平兵衛は稲吉に礼を言って、帳場にもどった。帳場には彦十郎がいたので、稲吉の話を耳に入れておこうと思ったのだ。

「風間さま、増富屋を見張っていた男がいるようですよ」

そう前置きし、平兵衛は稲吉から聞いたことを話した。

「弥左衛門一家の者たちは、おれたちが安五郎を捕らえたことを知って、探りにきたのではないかな」

彦十郎が言った。

「そうかもしれません」

「黙って見張っているだけではないな。この店を襲うかもしれん」

彦十郎の顔が、厳しくなった。

「て、てまえも、そんな気がします」

平兵衛が、声をつまらせて言った。

「俺一人では、どうにもならないな」

彦十郎ひとりでは、大勢で増富屋を襲撃されたら、平兵衛、おしげ、お春の三人を守ることはできない。

「すぐに、神崎と佐島どの、それに、河内どのにも話してこの店に集まるように手配してくれ」

彦十郎が言った。

河内三郎(さぶろう)は三十がらみの牢人で、横丁の住人ではなかった。ただ、横丁と同じ西仲町にある長屋に暮らしており、神崎とは剣術道場で同門だったという。そうしたかかわりがあったので、神崎や平兵衛が頼めば、手を貸してくれたのだ。

「すぐに、手配しますよ」

平兵衛は慌てた様子で、増富屋から出ていった。

その日、陽が西の空にかたむいたころ、増富屋の帳場に六人の男が集まった。彦十郎、平兵衛、猪七、神崎、佐島、それに河内である。

六人が、おしげとお春が淹れてくれた茶を飲んだ後、

「おれから、話す」

と、彦十郎が言って、やくざの親分の弥左衛門と殺された瀬戸物屋の政造のことを話した後、

「どうも、弥左衛門の矛先は、増富屋にむけられたようなのだ」

と、言い添えた。

「弥左衛門は、増富屋を襲うつもりなのか」

佐島が訊いた。

「襲うとみている」

彦十郎が、はっきりと言った。弥左衛門たちは、鶴亀横丁を縄張りにするために、増富屋に出入りする彦十郎たちを始末せねばならない、と思っているはずだ。

「それで、襲ってくる人数は」

佐島が訊いた。

「人数は分からんが、大勢とみていい。それに、牢人もいるはずだ」

彦十郎が言った。

次に口をひらく者がなく、帳場は重苦しい沈黙につつまれたが、

「や、弥左衛門一家が、この横丁に賭場をひらけば、いずれ、横丁は弥左衛門一家のものになってしまいます」

平兵衛が、めずらしく声を震わせて言った。

「まずいな」

佐島が顔をしかめた。

「それで、佐島どのや河内どのの手を借りて、弥左衛門一家の者たちを追い払おうと思って来てもらったのだ」

彦十郎が言った。

「承知した」

佐島が言うと、そばにいた河内もうなずいた。

「ただ、いつ弥左衛門一家の者たちが、襲うか分からないのだ。気長に待ってもらうしかない。……そうかといって、弥左衛門一家の者たちを目にしてから、集まってもらうわけにはいかないのだ」

彦十郎が、男たちに目をやって言った。

「まァ、気長に待とう」

佐島が言った。

その日、弥左衛門一家の者と思われる男たちは、鶴亀横丁に姿を見せなかった。増富屋に集まった男たちは、やることもなく暗くなるまで過ごした。

6

佐島や河内が、増富屋に来るようになって三日目だった。空が厚い雲におおわれ、朝から夕暮れ時のように薄暗かった。

鶴亀横丁はひっそりとして、行き来する人の姿もすくなかった。道沿いには、表戸を閉めたままで商いを始めない店もあった。

四ツ（午前十時）ごろであろうか。増富屋の戸口で、表通りに目をやっていた猪七が、慌てた様子で彦十郎たちのいる帳場にもどってきて、

「来やす！　弥左衛門一家の者たちが」

と、声高に言った。

彦十郎が傍らに置いてあった刀を手にして立ち上がり、

「大勢か」

と、訊いた。

そばにいた神崎、佐島、河内の三人も、刀をつかんで立ち上がった。

「十人ほどいやす」

「武士は」

「はっきりしねえが、刀を差した男がふたりいやした」

「ふたりか」

彦十郎が、うなずいた。弥左衛門の用心棒としてそばにいる武士は、ひとりかふたりとみていたのだ。

「ここに、来やすぜ」

猪七が、焦れたような顔をして言った。

「迎え討つぞ!」

彦十郎が、神崎たち三人に声をかけた。

彦十郎、神崎、佐島、河内の四人は、増富屋の戸口に立ち、刀をふるえるだけの間をとった。猪七と平兵衛は、外に出ずに帳場の近くにいた。

「あそこだ!」

「二本差しが、四人もいやがる!」

遊び人らしい男が、彦十郎たちを目にして声を上げた。

武士はふたりいたが、ふたりとも小袖を着流し、大刀を一本だけ落とし差しにしていた。無頼牢人のような感じである。

遊び人ふうの男は、八人。いずれも、匕首や長脇差を手にしている。八人の顔には、戸惑うような表情があった。増富屋のなかに、武士が四人もいるとは思っていなかったのだろう。

「裏手にまわれ!」

大柄な男が、そばにいた男に声をかけた。この男が、八人の遊び人ふうの男の兄貴格らしい。

すぐに、ふたりの男が、増富屋の裏手にまわった。捕らえられた仲間の安五郎が、裏手の納屋に監禁されているのを知っていて、助けにいったのかもしれない。

彦十郎たちは、その場から動かなかった。味方の人数がすくなく、裏手にまわることができなかったのだ。

彦十郎の前に立ったのは、長身の武士だった。牢人らしく、大刀を一本だけ落とし差しにしていた。

「殺してやる！」

長身の武士は、手にした刀を青眼に構えた。両腕に力が入っているらしく、切っ先が小刻みに震えている。

対する彦十郎は、八相に構えた。大きな構えで、上から覆いかぶさるような威圧感がある。

ふたりの間合は、およそ二間――。

真剣勝負としては近い間合だが、戸口に何人も集まっていることもあって、間合を広く取れないのだ。

神崎も、牢人体の武士と対峙した。河内と佐島は長脇差を手にした遊び人ふうの男と向き合っている。

「いくぞ！」

彦十郎が、先手をとった。八相に構えたまま足裏を摺るようにして、ジリジリと間合を狭めていく。

対する武士は、青眼に構えたまま後じさった。彦十郎の八相の構えの威圧に押されたのである。

「どうした、逃げるのか」

彦十郎が、揶揄するように言った。

すると、武士の足がとまった。そして、斬撃の気配が見えた。ただ、体が硬くなり、両腕に力が入り過ぎているらしく、青眼に構えた刀の切っ先が小刻みに震えていた。こうして体に力が入り過ぎると、一瞬の反応を鈍くする。

彦十郎は一歩踏み込みざま、イヤアッ！　と裂帛の気合を発した。すると、武士の切っ先が、ピクッ、と動いた。

この一瞬の動きを、彦十郎がとらえた。

タアッ！

彦十郎が鋭い気合を発して、斬り込んだ。

八相から袈裟へ――。

稲妻のような閃光が、袈裟にはしった。一瞬、武士は身を引いたが、間に合わなかった。

ザクリ、と武士の小袖が肩から胸にかけて裂け、露になった肌に血の線がはしった。武士は慌てて後じさった。顔に恐怖の色がある。彦十郎が、これほどの遣い手とは思わなかったのだろう。

武士は足をとめると、ふたたび青眼に構えたが、切っ先が小刻みに震えていた。両腕に力が入り過ぎて、体が硬くなっているのだ。こうして、体が硬くなると、一瞬の反応と動きを鈍くする。

武士は、さらに後じさった。彦十郎から逃げたといってもいい。

このとき、神崎と対峙していた牢人も右袖を斬られ、露になった二の腕が血に染まっていた。

この様子を目にした大柄な男が、

「引け！　引け！」

と叫んだ。

すると、牢人も遊び人ふうの男たちも身を引き、向き合っていた相手との間が開くと、慌てて走りだした。逃げたのである。

彦十郎たちは、逃げる男たちを追わなかった。逃げ足が速かったこともあるが、増富屋の裏手にまわった男たちのことが気になったのである。

7

彦十郎、神崎、佐島、河内の四人は、増富屋の脇を通って裏手にむかった。裏手には人影がなかった。裏手にまわった男たちも、表の戦いで仲間たちが後れをとったのを知って、逃げたのかもしれない。

「納屋の戸が、開いているぞ」

神崎が言った。

納屋の戸が、開いたままになっていた。辺りはひっそりとして、人声も物音も聞こえない。

彦十郎たちは、納屋に近付いた。

「おい、安五郎がいないぞ」

神崎が言った。

「いる！　倒れている」

彦十郎が、声高に言った。

納屋のなかは暗く、はっきり見えないが、戸口の脇に俯せに倒れている男の姿が見えた。安五郎らしい。

彦十郎たちは納屋に入ると、あらためて安五郎に目をむけた。安五郎は斬られたらしく、着物が血に染まっていた。

「生きてるぞ」

彦十郎が言った。

安五郎から、苦しげな呻き声が聞こえた。彦十郎は倒れている安五郎の肩の下に手を差し入れ、上半身を起こしてやった。

安五郎は苦しげに顔をしかめて、彦十郎を見た。体が顫えている。

「だれが、斬った」

彦十郎が訊いた。

「こ、子分が、ふたりで……」

安五郎が、声をつまらせて言った。息が荒い。苦しげである。

「裏手にまわった弥左衛門の子分か」

彦十郎が訊いた。

「そ、そうで……。入ってくると、いきなり斬りつけやがった」

安五郎が、悔しそうに顔をしかめた。

「あやつら、助けに来たのではなく、殺しに来たのか」

彦十郎の胸にも、弥左衛門に対する憎悪が湧いた。弥左衛門は、安五郎を仲間に殺させようとしたのだ。あまりにひどいやり方である。

安五郎の息が、荒くなってきた。体の顫えも激しくなっている。

「お、親分は、この店も、潰す気ですぜ」

安五郎が、喘ぎながら言った。

「なに、増富屋を潰す気なのか」

彦十郎が訊いた。

「こ、子分たちが、近いうちに、増富屋も潰すと言ってやした」

「そうは、させぬ」

「お、親分は、その気になっているはずだ」

安五郎の、息が乱れてきた。

「しっかりしろ!」

彦十郎は、安五郎の肩を手で押さえて体を支えてやった。

そのとき、安五郎は顎を前に突き出すようにして、グッという呻き声を上げ、体を反らせた。すると、急に体から力が抜け、ぐったりとなった。

彦十郎が、安五郎の体を支えたまま、

「死んだ」

と、小声で言った。

「どうする、安五郎の亡骸は」

神崎が訊いた。

「弥左衛門や子分たちには、安五郎を引き取る気などあるまい。そうかと言って、亡骸を納屋に置いておくわけにはいかないし……」

彦十郎が戸惑っていると、

「どうだ、近くの墓地に運んで、隅の空き地にでも埋めてやるか」

神崎が言った。

「それしかないな」

彦十郎たちは、鶴亀横丁の近くにある墓地に安五郎の遺体を運び、隅の空き地に埋めてやることにした。

その日、夕暮れ時になって、彦十郎たちは墓地から増富屋にもどった。そして、帳場に集まった。

おしげとお春が、彦十郎たちのために握りめしを用意して待っていてくれた。彦十郎たちは腹が空いていたので、握りめしを食べながら話した。

「このまま、弥左衛門一家が、鶴亀横丁から手を引くとは思えん」

彦十郎が言った。

「鶴亀横丁を縄張にするために、この店を襲うだろうか」

平兵衛が、顔に困惑の色を浮かべた。

「襲うな」

彦十郎が言うと、つづいて口を開く者がなく、その場が重苦しい沈黙につつまれた。

「戦うしかないな」

神崎が、語気を強くして言った。

「どうだ、弥左衛門の子分たちが、ここを襲うのを待っているのでなく、おれたちが先手をとって襲ったら」

彦十郎が言うと、男たちの視線が彦十郎に集まった。

「弥左衛門が貸元をしている賭場が、どこにあるか分かっている。……賭場の行き帰りに、弥左衛門を討ち取ればいい」

「やるか！」

神崎が語気を強くして言った。

すると、その場にいた男たちが、うなずいた。どの顔にも、腹をかためたような表情がある。

第三章　攻防

1

彦十郎が、増富屋の帳場にいた猪七と神崎に声をかけた。

「さて、出かけるか」

彦十郎たちは、これから阿部川町に行くつもりだった。弥左衛門の賭場への行き帰りを狙って、討ち取るためである。河内と佐島も行くことになっていたが、ふたりは鶴亀横丁に残ってもらった。横丁から腕のたつ武士がいなくなると、弥左衛門の子分たちが来たとき、反撃できないからだ。

それに、彦十郎たちは弥左衛門たちの動きを見て、彦十郎と神崎のふたりでは、弥左衛門や子分たちに太刀打ちできないと判断すれば、河内たちにもくわわってもらうつもりだった。

彦十郎たちは東本願寺の門前通りを経て、新堀川沿いの道を南にむかった。そして、見覚えのある笠屋の脇の道に入った。その道の先に、政造が殺された現場と弥左衛門の賭場もある。

彦十郎たちは笠屋の脇の道を歩き、政造が殺された現場を通り過ぎた。そして、前方に稲荷の杜が見えてきたところで、足をとめた。

「賭場は、稲荷の先だったな」

神崎が言った。

「まだ、賭場はひらいてないはずだ」

彦十郎は、賭場をひらくのは、陽が西の空にまわったころだと見ていた。まだ、陽は頭上近くにある。八ツ（午後二時）ごろかもしれない。

「ともかく、行ってみよう」

彦十郎たちは、稲荷にむかって歩いた。そして、稲荷の杜の前にある赤い鳥居の近くまで来ると、足をとめた。

「あの家だったな」

神崎が、稲荷の杜の先にある仕舞屋を指差して言った。その仕舞屋が、賭場として使われていたのだ。

「静かだな」

彦十郎が、つぶやいた。

「賭場に近付いてみるか」

神崎が言った。

「行ってみよう」

彦十郎たちは、通りの先に足をむけた。

仕舞屋の前の簡素な吹抜門の近くまで来ると、歩調を緩めて、仕舞屋の戸口に目をやった。

……だれか、いる！

彦十郎が、胸の内で声を上げた。

仕舞屋のなかから人声が聞こえた。男の声である。

彦十郎たちは、急いで道沿いにあった表戸を閉めた家の脇にまわって身を隠した。

空き家らしく、人声も物音も聞こえなかった。

仕舞屋に目をやると、戸口から男がふたり、姿を見せた。ふたりとも、遊び人ふうの身装(みなり)である。弥左衛門の子分らしい。

彦十郎たちは、仕舞屋の戸口近くで話しているふたりに目をやっていた。ふたりの男は、戸口近くに立ったまま何やら話している。

「あのふたり、賭場の下足番ではないか」

神崎が言った。

「そうらしいな」

下足番が来ていることからみて、賭場はひらかれるようだ、と彦十郎は思った。

彦十郎たちは、家の脇に身を隠したまま仕舞屋に目をやっていた。

戸口に出てきたふたりの男は、いっときすると、家のなかにもどってしまった。それから、半刻（一時間）近く経ったろうか。仕舞屋の前の通りに、遊び人ふうの男、職人、商家の旦那ふうの男などが姿を見せ、道沿いにあった吹抜門を通って仕舞屋に入っていった。

「博奕が、始まるようですぜ」

猪七が言った。

「そろそろ貸元の弥左衛門が、姿を見せてもいいころだ」

彦十郎が、通りの先に目をやった。

「来やした！」

猪七が指差した。

見ると、通りの先に男たちの姿が見えた。十人ほどいる。牢人体の武士や遊び人の男、小袖に羽織姿の年配の男もいた。

「年配の男が、貸元の弥左衛門ではないか」

彦十郎が言った。

「まちがいない、年配の男が弥左衛門だ」

神崎が言い添えた。

弥左衛門らしい男の前後に、武士がついていた。遠方ではっきりしないが、一人は横丁に踏み込んできた武士かもしれない。弥左衛門らしい男の脇には、代貸と壺振りらしい男がいて、何やら話しながら歩いてくる。

彦十郎たちは息をひそめて、弥左衛門らしい男に目をやっていた。一行が、彦十郎たちが身を隠している家の前を通り過ぎていく。

そのとき、壺振りらしい男が、「親分」と弥左衛門らしい男に声をかけた。やはり、声をかけられた男が弥左衛門である。

弥左衛門たち一行は、吹抜門を通って仕舞屋の前まで来た。すると、下足番らしい男が慌てた様子で出てきて、弥左衛門たち一行を仕舞屋に迎え入れた。

「どうしやす」

猪七が、彦十郎と神崎に目をやって訊いた。

「賭場へ踏み込むことはできないな。おれたち三人では、返り討ちに遭う」

彦十郎が言った。

「賭場から、出てくるのを待つか」

神崎が仕舞屋に目をやったまま言った。

「それしか手はない」

彦十郎は、そう言ったが、弥左衛門が連れてくる子分や用心棒の武士などの人数によっては、手が出せないと思った。

弥左衛門たちが、賭場に入ってから一刻（二時間）ほど経ったろうか。夜陰につつまれ、仕舞屋から洩れる灯が、辺りをぼんやり照らしていた。

すでに、仕舞屋のなかでは博奕が始まったらしく、仕舞屋が静寂につつまれたり、客たちのどよめきが聞こえたりした。

「弥左衛門は、そろそろ出てきてもいいころだ」

彦十郎が言った。

通常、賭場の貸元は、博奕が始まる前に挨拶をする程度で、後は代貸に任せて奥の座敷に引っ込んでしまう。そして、頃合をみて、何人かの子分とともに賭場を後にして、自分の塒(ねぐら)に帰るのである。

2

そのとき、仕舞屋に目をやっていた猪七が、

「出てきた！」

と、声を上げた。

見ると、仕舞屋の戸口から男たちが出てきた。弥左衛門たちである。十人ほどいる。子分らしい男の他に、ふたりの武士がいた。来るとき、いっしょにいた武士である。

弥左衛門たちは下足番の男に見送られ、仕舞屋を後にすると、提灯(ちょうちん)を手にした男が先にたって通りに出た。そして、来た道を引き返していく。

「どうしやす」

猪七が訊いた。

「人数が多いな。来たときと、同じだ」

彦十郎が言うと、

「弥左衛門は、用心深い男のようだ。……ここにいる三人だけで仕掛けたら、返り討ちに遭うな」

神崎が、弥左衛門たち一行を見据えて言った。

弥左衛門たち一行は、身を潜めている彦十郎たちの前を通り過ぎていく。

いっときすると、足音は聞こえなくなり、子分の手にした提灯が、夜陰のなかに浮かび上がったように見えた。

「跡をつけて、弥左衛門の行き先をつきとめよう」

彦十郎が言い、家の脇から通りに出た。

彦十郎たちは、小走りになった。提灯が遠くなり、家の陰などになって、見えなくなることがあったのだ。

前を行く提灯の灯に近付き、話し声や足音が聞こえるようになると、彦十郎たちは足音を忍ばせて歩いた。

弥左衛門たちは新堀川沿いの通りに出ると、南に足をむけた。東本願寺とは反対方向である。

弥左衛門たちは新堀川沿いの道をいっとき歩き、前方に武家屋敷が見えてきたところで、右手の通りに入った。小料理屋の脇にある道である。その辺りは、まだ阿部川町だった。道沿いに、町人の住む家がつづいている。

彦十郎たちは、足を速めた。弥左衛門たちの姿が見えなくなったからだ。

小料理屋の脇まで来て、弥左衛門たちが入った通りの先に目をやると、夜陰のなかに提灯の灯が見えた。何人もの足音が聞こえた。弥左衛門たちである。

彦十郎たちは、足音を忍ばせて跡をつけていく。

前を行く弥左衛門たちは、小料理屋の脇の道を一町ほど歩いたところで足をとめた。板塀をめぐらせた二階建ての大きな家の前である。母屋の脇には、別棟もあった。

家の前に、木戸門があった。子分のひとりが声をかけると、木戸門はすぐに開いた。家にいた者があけたらしい。

弥左衛門や子分たちは、木戸門から入っていく。

彦十郎たちは足音を忍ばせて、木戸門の前まで来た。すでに、門扉は閉じられ、なかに入ることはできない。

「ここが、弥左衛門の家だ」

神崎が言った。

「そうらしいな」

彦十郎が門扉越しに母屋に目をやると、幾つかの部屋に灯の色があり、男のくぐもったような声がかすかに聞こえた。子分たちが何か話しているようだが、内容までは聞き取れない。

「どうする」

神崎が小声で訊いた。

「ここにいても、仕方がないな。明日、出直すか」

彦十郎は、明日、この近くで聞き込んでみようと思った。

彦十郎たちは、その場を離れて来た道を引き返した。そして、鶴亀横丁にもどると、それぞれの家に帰った。


翌朝、彦十郎は増富屋の奥の座敷で朝餉をすませた後、平兵衛とふたりで帳場にいると、神崎と猪七が姿を見せた。ふたりは、増富屋の近くで顔を合わせていっしょに来たという。

「一休みしてから、阿部川町に行くか」

彦十郎が、ふたりに目をやって訊いた。

「いや、すぐ行こう」

神崎が言うと、猪七がうなずいた。

彦十郎、神崎、猪七の三人は、平兵衛に見送られて、増富屋を出た。むかった先は、弥左衛門の家である。

彦十郎たちは東本願寺の門前通りを経て、新堀川沿いの通りに出ると、南にむかった。そして、しばらく歩くと、遠方に武家屋敷が見えてきた。その辺りから、武家地がつづいている。

彦十郎たちは、通り沿いにある小料理屋の脇の道に入った。その道の先に、弥左衛門の住む家があるのだ。

彦十郎たちは小料理屋の脇の道を一町ほど歩き、弥左衛門の家の近くで足をとめた。

「そこの樫の木の陰に、身を隠そう」

彦十郎が、路傍で枝葉を茂らせていた樫の木を指差した。

弥左衛門の子分たちの目が、どこで光っているか分からなかったので、身を隠したのである。

彦十郎たちは、樹陰から弥左衛門の家に目をやった。

弥左衛門の家から、かすかに男の声が聞こえた。子分たちの声らしいが、何を話しているか聞き取れない。

いっとき、彦十郎たちは樹陰から弥左衛門の家の様子を窺っていたが、門から出てくる者はいなかった。

「あっしが家の前まで行って、様子を見てきやす」

そう言って、猪七がその場を離れようとした。

「猪七、気付かれるな」

彦十郎が声をかけた。

「家の前を通るだけでさァ」

そう言い残し、猪七はひとり弥左衛門の家にむかった。

3

猪七は通行人を装って弥左衛門の家の前まで行き、草鞋（わらじ）を直すふりをして路傍に屈んでいた。家のなかの様子を窺っているらしい。

いっときすると、猪七は立ち上がり、家の前を通り過ぎた。そして、半町ほど歩いてから踵を返し、彦十郎たちのいる場にもどってきた。

「どうだ。何か知れたか」

彦十郎が訊いた。

「子分たちは、大勢いるようですぜ」

猪七によると、家のなかから何人もの男の声が聞こえたという。それに、母屋の脇の別棟からも、男の声が聞こえたそうだ。

「思っていたより、弥左衛門は大親分のようだ。……縄張りを阿部川町界隈だけでなく、浅草寺の方まで、広げるつもりではないか」

彦十郎が言った、

「それで、鶴亀横丁に目をつけたのか」

神崎が、顔を厳しくした。

「一筋縄ではいかない相手だな」

彦十郎が、虚空を睨むように見据えて言った。

「横丁に帰りやすか」

猪七が、彦十郎と神崎に目をやって訊いた。

「せっかく来たのだ。もうすこし、弥左衛門のことを探ってみよう」

彦十郎が言った。弥左衛門の家の近くで聞き込みにあたると、子分たちに気付かれる恐れがあるので、新堀川沿いの道までもどることにした。

彦十郎たちは川沿いの道まで来ると、一刻（二時間）ほどしたら、小料理屋の脇にもどることにして、その場で別れた。

ひとりになった彦十郎は、武家地で訊くより町人地で訊いた方が、弥左衛門一家のことは知れるとみて、川沿いの道を東本願寺の方に歩いた。

彦十郎は、道沿いに下駄屋があるのに目をとめた。店の親爺らしい男が、赤い鼻緒の下駄を手にした娘と話している。娘が下駄を買いにきたらしい。

娘は親爺に「また、来るね」と声をかけ、大事そうに下駄を抱えて店先から離れた。

彦十郎は下駄屋に近付き、

「ちと、訊きたいことがある」

と、親爺に声をかけた。

「何です」

親爺が、不安そうな顔をした。いきなり、武士に声をかけられたからだろう。

「大きな声では言えないが、おれは町方の者なのだ」

彦十郎が、声をひそめて言った。

「そうですかい」

親爺も、声をひそめた。

「この先に、小料理屋があるな」

彦十郎が小料理屋を指差して言った。

「へえ」

「その脇を入った先に、親分の住む家がある」

彦十郎は、さらに声をひそめた。

「ありやす」

親爺も、声をひそめた。顔が強張っている。

「弥左衛門は賭場をひらいているようだが、他にも何か金になることをやっているのか」

彦十郎が訊いた。弥左衛門は、賭場をひらいて得る金の他に、何か金儲けになるようなことをしているのではあるまいか。

「親分の縄張りは阿部川町だけでなく、田原町界隈まで広がってやしてね。田原町にある料理屋、料理茶屋などからも、所場代(しょばだい)をとっているようでさァ」

　親爺が、声をひそめて言った。

「田原町辺りまで、手を広げているのか」

　彦十郎は、弥左衛門が鶴亀横丁まで手を伸ばしてきた理由が分かった。

　鶴亀横丁のある浅草西仲町は、田原町の隣町である。弥左衛門は鶴亀横丁も自分の縄張にして、西仲町にも勢力を広げる気なのだ。西仲町まで縄張が広げられれば、阿部川町、田原町、西仲町と浅草の広大な地域を支配できる。

　彦十郎が下駄屋の店先に立っていると、

「あっしは、やることがありやして」

　親爺が言い、彦十郎に頭を下げて店に入った。

　それから、彦十郎は道沿いにあった幾つかの店に立ち寄って話を訊いたが、新たなことは知れなかった。

　彦十郎が、小料理屋の脇にもどると、猪七と神崎が待っていた。

「歩きながら話すか」

　彦十郎が、猪七と神崎に声をかけた。

「そうしやしょう」

　すぐに、猪七が言い、神崎は無言でうなずいた。

彦十郎たちは、新堀川沿いの道を北にむかって歩いた。今日のところは、このまま鶴亀横丁に帰るつもりだった。

「おれから話す」

彦十郎はそう言って、下駄屋の親爺から聞いたことを一通り話した後、

「弥左衛門は、鶴亀横丁を足掛かりにして、縄張りを西仲町まで広げるつもりなのだ」

と、言い添えた。

「おれも、弥左衛門が西仲町に賭場をひらくつもりらしい、と聞いたぞ」

神崎が言った。

「あっしは、賭場だけじゃァなく、女郎のいる料理屋を建てると聞きやした」

「そうか」

彦十郎は、驚かなかった。

すでに、安五郎から瀬戸物屋を潰して料理屋をひらき、裏手に離れを造って、そこを賭場にすると聞いていたからだ。

「ともかく、弥左衛門を何とかしないとな。鶴亀横丁も、弥左衛門の思うままになってしまう」

彦十郎が、いつになく厳しい顔をして言った。

4

彦十郎、神崎、猪七の三人は、いったん増富屋にもどった。一日中歩いて疲れたので、平兵衛に頼んで一杯やろうと思ったのだ。

彦十郎たちが腰高障子をあけて店に入ると、帳場にいた平兵衛が慌てた様子で、そばに来た。

「平兵衛、何かあったのか」

彦十郎が訊いた。

「ともかく、座敷に腰を落ち着けてください」

そう言って、平兵衛は彦十郎たちを帳場の奥の座敷に連れていった。

彦十郎たちが、座敷に腰を下ろすと、おしげが顔を見せた。彦十郎の声を耳にしたのだろう。

「おしげ、風間さまたちに、茶を淹れてくれんか」

平兵衛が言った。

「すぐ、仕度します」

おしげは彦十郎たちに会釈し、裏手にある台所にむかった。

平兵衛は彦十郎たちが、座敷に腰を下ろすのを待ってから、

「この店を探っている者がいたのです」

と、昂った声で言った。

「何者か分かるか」

彦十郎は、弥左衛門の子分だろうと思ったが、訊いてみたのだ。

「分かりません。遊び人ふうの男がふたり、近所の店に立ち寄って、この店のことや風間さまたちのことを色々訊いたようです」

平兵衛によると、話を訊かれた栄造(えいぞう)という男が増富屋に来て、話してくれたという。栄造は、増富屋の近くにある八百屋の親爺である。

「そうか」

彦十郎は、驚かなかった。

彦十郎たちが弥左衛門のことを探ったように、弥左衛門が子分たちに彦十郎たちのことを探らせても不思議はない。

「それに、気になることがあるんです」

平兵衛が、彦十郎、神崎、猪七の三人に目をやって言った。

「気になるとは」

彦十郎が訊いた。

「栄造さんの話だと、ふたりの男のうちのひとりが、風間さまたちを追い回すより、この店を潰す方が早く済む、と口にしたそうです」

「なに、この店を潰すだと！」

彦十郎が、声高に言った。

神崎と猪七は何も言わなかったが、厳しい顔をし、虚空を睨むように見据えている。

次に口をひらく者がなく、座敷は重苦しい沈黙につつまれたが、

「そんなことは、させぬ」

と、彦十郎が語気を強くして言った。

「おれたちも、しばらく鶴亀横丁にとどまった方がいいな」

神崎が口を挟むと、

「焦ることはねえ、弥左衛門の居所は知れてるんだ。……何日か、横丁にいて様子をみやしょう」

猪七が、声を大きくして言った。

そこへ、おしげが湯飲みを盆に載せて運んできた。彦十郎たちに、茶を淹れてくれたらしい。

その日、暗くなるまで、彦十郎たち三人は増富屋の座敷で過ごしたが、何事も起こらなかった。

翌朝、陽が高くなってから、神崎、猪七、それに佐島が姿を見せた。猪七が佐島の家に立ち寄って、連れてきたらしい。

「神崎どのから話を聞いた。わしも、手を貸す」

佐島が、彦十郎の後ろにいた平兵衛にも聞こえる声で言った。

「佐島さま、ともかく帳場で一休みしてくだされ」

平兵衛が言って、佐島、神崎、猪七の三人を帳場に案内した。彦十郎も、平兵衛につづいて、帳場に腰を下ろした。

奥の座敷にいたおしげが、男たちの声を耳にしたらしく、帳場に姿をあらわし、茶を淹れてくれた。

神崎たちが姿を見せて、一刻（二時間）ほど過ぎたろうか。昼近くになったが、増富屋を見張っていた遊び人ふうの男は姿を見せなかった。

「あっしが、様子を見てきやしよう」

そう言い残し、猪七が増富屋の表から出ていった。

いっときすると、猪七はもどってきて、

「それらしい男は、見当たらねえ」

と、彦十郎たちに目をやって言った。

「今日は、こないかもしれん」

彦十郎が言うと、

「明日も、様子を見にきますよ」

佐島が、立ち上がった。

神崎も立ち上がり、佐島につづいて戸口にむかった。

だが、神崎と佐島は、すぐに帳場にもどってきた。

「どうしやした」

猪七が、訊いた。

「いる！　何人も」

神崎が昂った声で言った。

「弥左衛門の子分たちか」

彦十郎は、傍らに置いてあった刀を手にして立ち上がった。

「そうみていい。牢人体の武士もふたりいる」

神崎によると、遊び人ふうの男が、六、七人。それに、牢人ふうの武士がふたりいるという。

「この店を襲う気か!」

平兵衛が、声高に言った。

「斜向かいにある下駄屋の脇にいて、この店の様子を窺っている」

「この店を襲うかな」

彦十郎が、首を傾げた。

「おれは、様子を見ているだけだと思う」

神崎が、「襲う気なら、早いうちに仕掛けていたはずだ」と言い添えた。

「いまのところ、襲う気はないな」

彦十郎も、男たちは様子を見ているだけだろうと思った。

「どうしやす」

猪七が訊いた。

「向こうに、その気がないなら、おれたちが襲ってやるか」

彦十郎が、その場にいた男たちに目をやって言った。

5

「おもしれえ！　やりやしょう」

猪七が声を上げた。

「どう仕掛ける」

神崎が、彦十郎に訊いた。

「神崎と佐島どのは、店の裏手から出て、きゃつらの脇にまわってくれ。おれと猪七は、店の表から出て、きゃつらの正面にむかう」

「分かった」

「幸い、牢人はふたりだ。おれは、ひとりを抜き打ちで仕留めるつもりだ。……牢人がひとりになれば、おれたち四人で、弥左衛門の子分たちを討ち取れる」

彦十郎が、語気を強くして言った。

「おれと佐島どのは、先に出るぞ」

神崎がそう言い、佐島とふたりで裏手にむかった。

彦十郎と猪七は、戸口から下駄屋の脇にいる男たちに目をやっている。

「神崎と佐島どのだ」

彦十郎が、通りに目をやって言った。

神崎と佐島は、下駄屋の脇にいる男たちに気付かれないように増富屋の裏手から出て、足早に下駄屋にむかっていく。そして、ふたりが下駄屋の近くまで来たとき、

「猪七、行くぞ」

彦十郎が声をかけ、増富屋の腰高障子をあけて通りに出た。そして、下駄屋にむかって走った。

下駄屋の脇にいた男たちは、増富屋の店先から飛び出した彦十郎と猪七を目にし、仲間たちと顔を見合わせたが、その場から逃げなかった。神崎と佐島には気付かず、相手が彦十郎と猪七のふたりだけとみて、戦う気になったらしい。

彦十郎と猪七は男たちの前まで来て、足をとめた。神崎と佐島が、左右にまわり込むのを待ったのである。

牢人ふうのふたりの武士が、刀を抜いた。すると、遊び人ふうの男たちも、匕首や長脇差を手にした。

そこへ、神崎と佐島が左右から走り寄った。ふたりは、抜き身を手にしている。

「脇からも、二本差しが！」

「ふたりだ！」

遊び人たちのなかから、叫び声が聞こえた。神崎と佐島に気付いたようだ。

遊び人たちのなかに、動揺がはしった。正面から、彦十郎と猪七、両脇からは、神崎と佐島が迫ってきたのだ。しかも、抜き身を手にしている。

「怯むな！　相手は、四人だ」

牢人のひとりが叫んだ。

このとき、彦十郎が素早い動きで、声を上げた牢人に迫った。一瞬の隙をついたのである。

牢人は間近に迫った彦十郎に気付き、手にした刀の切っ先を彦十郎にむけようとした。

「遅い！」

彦十郎が叫びざま、抜刀した。

そして、袈裟に斬りつけた。素早い動きである。

咄嗟に、牢人は刀を彦十郎にむけようとしたが、間に合わなかった。

ザクリ、と牢人の小袖が、肩から胸にかけて裂けた。そして、露になった肌から血が噴出した。牢人は呻き声を上げてよろめき、足がとまると腰から崩れるように転倒した。深手を負ったらしく、身を起こすこともできなかった。

これを見た遊び人ふうの男が、反転して逃げようとした。

彦十郎は素早い動きで刀身を峰に返すと、

「逃がすか！」

と、叫びざま、刀を横に払った。

峰打ちが、逃げようとした男の腹を強打した。

男は手にした匕首を取り落として、よろめいた。そして、足がとまると、両手で峰打ちを浴びた脇腹を押さえてうずくまった。苦しげな呻き声を上げている。

彦十郎はうずくまっている男にかまわず、周囲に目をやった。

神崎が、牢人体の男をひとり仕留めていた。牢人は俯せに倒れていた。首を斬られたらしく、上半身が血塗れになっている。牢人は四肢を動かし、低い呻き声を漏らしていたが、顔をもたげることもできなかった。

一方、佐島は遊び人ふうの男をひとり、斬っていた。男は肩から胸にかけて血塗れになり、悲鳴を上げながら逃げていく。

その場に残った男たちは、味方の武士がふたり仕留められたのを目にすると、匕首や長脇差を手にしたまま逃げ出した。

　これを見た猪七が、逃げる男を追おうとした。

「猪七、追うな」

　彦十郎が声をかけた。男の逃げ足が速く、追っても追いつかないとみたのだ。

　彦十郎たちは、呻き声を上げて蹲っている遊び人ふうの男のまわりに集まった。彦十郎は、男から話を訊くために斬らずに峰打ちにしたのだ。

「名は」

　彦十郎が訊いた。

「…………」

　男は、上目遣いに彦十郎を見たが、苦しげに顔をしかめただけだった。

「おまえの名は！」

　彦十郎が、手にした刀の切っ先を男にむけて訊いた。

「い、猪三郎（いさぶろう）……」

　男が声をつまらせて名乗った。

「おまえたちは、弥左衛門の子分だな」

「…………」

猪三郎は、無言のままうなずいた。

「増富屋を見張っていたな」

「へえ」

猪三郎は、隠さなかった。

「増富屋を見張って、おれたちのことを探ろうとしたのか」

「そ、それも、ありやす」

「他の狙いは」

「増富屋に住んでいる者や、出入りする客を探るためで……」

「客まで探るのは、どういうわけだ」

彦十郎が、語気を強くして訊いた。

「く、詳しいことは知らねえが、増富屋を潰すか、そのまま残すか、決めるためだと聞きやした」

猪三郎は、苦しげに顔をしかめて話した。

「どういうことだ」

彦十郎が訊いた。そばにいた猪七、神崎、佐島の三人も、猪三郎に目をやっている。

「ま、増富屋を乗っ取って……。お、親分の身内に、やらせるつもりかもしれねえ」

猪三郎の体の震えが激しくなった。顔が、青褪めている。

峰打ちだったが、腹を強打したため肋骨が折れて内臓に突き刺さったのかもしれない。

「増富屋を、親分の身内にやらせるだと！」

彦十郎の声が、大きくなった。

そのとき、猪三郎は呻き声を上げた。体が、さらに激しく震えている。

「猪三郎、しっかりしろ！」

彦十郎が声をかけた。

ふいに、猪三郎が、顎を前に突き出すようにして上半身を反らせた。そして、グッと、喉(のど)のつまったような呻き声を上げ、体を震わせた。次の瞬間、体から急に力が抜け、ぐったりとなった。息の音が聞こえない。

「死んだ……」

彦十郎が小声で言った。

彦十郎たちは、猪三郎の死体をその場に放置できないので、安五郎のときと同じように、近くにある墓地に運び、隅の空き地に埋めてやった。

6

猪三郎から話を聞いた翌朝、彦十郎は陽がだいぶ高くなってから目を覚ました。昨日の疲れと、酒を飲んで遅くまで起きていたせいらしい。

彦十郎が階段を下りて、帳場に顔を出すと、平兵衛が、

「だいぶ、お疲れのようですね」

と、笑みを浮かべて言った。

「昨夜、寝るのが遅かったからな」

「朝飯にしますか」

平兵衛が訊いた。

「頼むかな」

彦十郎は、腹が減っていた。

「おしげに、話してきますよ」

平兵衛は帳場から出ると、奥の座敷にむかった。

平兵衛と入れ替わるように戸口の腰高障子が開いて、猪七と神崎が姿を見せた。ふ

たりは、帳場まで来ると、

「風間の旦那だけですかい」

猪七が、帳場に目をやって訊いた。

「平兵衛は、おれの朝飯の仕度をおしげに頼みに行ってくれたのだ」

彦十郎が、照れたような顔をして言った。

「気になることを目にしてな」

神崎が、声をあらためて言った。

「何だ、気になるとは」

「おれだけでなく、猪七も目にしているのだが、ここに来る途中、下駄屋の又造と話している男がいたのだ」

神崎が言った。

又造の下駄屋は、鶴亀横丁にあった。増富屋から一町ほど離れた場所で店をひらいている。

「どんな男だ」

彦十郎が訊いた。

「ふたり連れで、ひとりは職人ふうだったが、もうひとりは遊び人のようだったな」

「それで」

彦十郎が、話の先をうながした。

「ふたりの男はおれたちの姿を見ると、下駄屋から離れ、逃げるように横丁の出入り口の方へむかった」

神崎が言うと、

「あっしらは、ふたりのことを又造に訊いてみたんでさァ」

猪七が脇から口を挟んだ。

「それで」

彦十郎は、猪七に目をやって訊いた。

「又造の話だと、ふたりは、昨日横丁で斬り合いや喧嘩はなかったか、訊いたそうで」

「そのふたり、弥左衛門の子分ではないか」

彦十郎は、昨日、増富屋を探りにきた子分たちが帰らないので、どうなったのか探りに来たのではないかと思った。

「あっしらも、子分とみやした」

猪七が言うと、脇に立っていた神崎がうなずいた。

「下駄屋の親爺から、気になることを耳にしたんでさァ」

猪七が声をあらためて言った。

「気になるとは」

「ふたりは、増富屋のことだけでなく、旦那やあっしらのことも訊いたらしいんで」

「おれたちのことか」

彦十郎が、念を押すように言った。

「へい。……旦那やあっしらは、増富屋に寝泊まりしているのか、訊いたそうで」

「それで、下駄屋の親爺は、どう話した」

「増富屋に寝泊まりしているのは、風間の旦那だけだと話したそうです」

「まずいな」

彦十郎は、増富屋に寝泊まりしているのが、自分だけと知れると、弥左衛門の子分たちは朝か夕方に、増富屋を襲うのではないかと思った。自分は何とか切り抜けたとしても、平兵衛、おしげ、お春の三人は、逃げることもできない。

「何日か、朝晩、おれたちが顔を出してもいいぞ」

神崎が言うと、猪七がうなずいた。

「ふたりに、頼もう。平兵衛には、おれから話しておく」

彦十郎は、そう長い間ではないと思った。

彦十郎、神崎、猪七は、いっとき口をつぐんでいたが、

「弥左衛門一家の者が、横丁を襲うのを待つのではなく、おれたちが弥左衛門を討ち取れば、始末がつく」

と、彦十郎が言った。

「そうだな。弥左衛門の子分たちが、横丁にこれないようにするには、おれたちが先に弥左衛門を討ち取ればいいのだ」

神崎が、語気を強くして言った。

彦十郎たちが、そんなやり取りをしているところに、平兵衛とおしげが姿を見せた。おしげは、握りめしと湯飲みを盆に載せて持っていた。大きな握りめしが皿に三つ載せてある。湯飲みには、茶が入っているようだ。

「神崎さまと猪七さんも、見えてたんですか」

おしげが、神崎と猪七に目をやって言った。

「あっしらは、来たばかりでさァ」

猪七が照れたような顔をした。

おしげは、彦十郎の膝先に握りめしと湯飲みを盆ごと置くと、

「神崎さまと猪七さんにも、茶を淹れますね」

と、言って、急ぎ足で奥の台所へもどった。

7

彦十郎は握りめしを食べ終えると、

「平兵衛の耳に、入れておきたいことがある」

と、声をあらためて言った。

「何です」

平兵衛が、彦十郎に目をやった。

「実はな、また増富屋を探っていた者がいるのだ」

「……！」

平兵衛の顔が、厳しくなった。

「まだ、はっきりしたことは分からないが、弥左衛門の子分たちとみていい」

「子分たちは、やはりこの店を襲うつもりですか」

平兵衛が、訊いた。

「まだ、何とも言えんが、そう見ておいた方がいいな」

「だ、旦那たちがいないとき、襲われたら、てまえと女たちだけでは、どうにもなりません」

平兵衛が、不安そうな顔をした。

「いや、俺がいても、大勢で襲われたらどうにもならぬ。……それに、神崎や河内どのに毎晩泊まってもらうことはできん」

彦十郎が言った。

「どうすれば、いいんです」

「子分たちが、この店を襲うとしても、夜ということはないはずだ。家にいる者が灯を消してしまえば、踏み込んできた者たちも、身動きできなくなってしまうからな」

「そうかもしれません」

「それに、日中ということもあるまい。おれたちがいることが多いし、前の道を大勢の人が行き来しているからな。そう考えると、踏み込んでくるのは明け方か、陽が沈んでからだな」

彦十郎が言うと、平兵衛がうなずいた。

彦十郎がそこまで話すと、黙って聞いていた神崎が、

「おれと猪七が、朝夕、ここに顔を出してもいいぞ」

と、言った。

すると、猪七が、

「いつも、この店には、世話になってるんだ。そのくれえのことはしねえと、顔が立ちませんや」

と、脇から身を乗り出して言った。

「おれ、神崎、猪七の三人。それに、弥左衛門の子分たちの動きを見て、河内どのにも頼む。これだけいれば、弥左衛門の子分たちが踏み込んできても、何とかなる」

彦十郎が、語気を強くして言った。

「そうしてもらえれば、てまえも女たちも、安心してこの店にいられます」

平兵衛が、ほっとしたような顔をした。

その日、彦十郎たちは、八ツ（午後二時）過ぎまで増富屋にとどまったが、弥左衛門の子分たちが、横丁に来た様子がないので、出かけることにした。

彦十郎たちがむかった先は、阿部川町だった。弥左衛門の家を見張り、機会があれば討つつもりだった。弥左衛門さえ討ち取れば、始末がつくはずだ。

途中、西仲町にある長屋に立ち寄り、河内もいっしょに行ってもらうことにした。弥左衛門のそばには、子分たちが大勢いるので、一人でも腕のたつ助太刀が欲しかったのである。

彦十郎たちは河内をくわえ、新堀川沿いの道を南にむかって歩き、阿部川町に入った。そして、道沿いにある小料理屋の脇で、足をとめた。そこに、弥左衛門の家に通じている道がある。

「この道の先に、弥左衛門の住む家がある」

彦十郎が、細い道を指差して言った。

「行ってみよう」

河内が、細い道に目をやって言った。

彦十郎と猪七が、先に立った。神崎と河内は人目を引かないように、すこし間をとって歩いていく。

彦十郎たちは、細い道をいっとき歩いたところで足をとめた。半町ほど先に、板塀をめぐらせた二階建ての大きな家があった。弥左衛門の住家である。

彦十郎と猪七は、道沿いにあった仕舞屋の脇に身を寄せた。そして、後続の神崎と河内が来るのを待った。

彦十郎は、神崎と河内がそばに来ると、

「あれが、弥左衛門の家だ」

そう言って、二階建ての家を指差した。

「大きな家だな」

河内が、驚いたような顔をして言った。

「子分たちも、大勢いるはずだ」

「踏み込むのか」

河内が訊いた。

「無理だ。下手に踏み込むと、返り討ちに遭う」

彦十郎は、踏み込むつもりはなかった。

「弥左衛門を討つ機会はあるのか」

「あるかもしれん。……賭場だ。弥左衛門は賭場の貸元をしている。この家から賭場へ行く途中、機会を見て襲えばいい」

彦十郎は、弥左衛門が賭場へ行くために家を出るのを待って跡をつけるつもりだった。そのため、昼過ぎてから、鶴亀横丁を出たのである。

「何刻(なんどき)ごろ、弥左衛門はこの家を出るのだ」

河内が訊いた。

「はっきりしないが、陽が沈むころ家を出るとみている。家からすこし離れたところで襲えば、家に残っている子分たちが、駆け付けることもないはずだ」

彦十郎が言うと、その場にいた男たちがうなずいた。

それから、半刻（一時間）ほど経ったろうか。弥左衛門も、子分たちも家から出てこなかった。

8

「出てきた！」

猪七が、昂った声で言った。

家の戸口から、男たちが出てきた。だが、家のまわりに板塀がめぐらせてあり、顔がはっきり見えないので、弥左衛門がいるかどうか分からない。

彦十郎たちは、道に面した木戸門に目をやった。そこから、弥左衛門たちが出てくるはずである。

すぐに、木戸門の門扉があいて、男たちが通りに出てきた。

遊び人ふうの男が五、六人――。つづいて、牢人体の男がふたり、姿を見せた。

「弥左衛門だ！」

神崎が身を乗り出して言った。

弥左衛門のそばに牢人がひとりつき、壺振りらしい男、代貸、さらに代貸の背後に、五、六人の子分がつづいた。

総勢、十五、六人いる。一行は木戸門の前の道から新堀川沿いの道に出て、笠屋の脇から賭場のある方へ足をむけた。

……大勢過ぎる！

彦十郎は胸の内で声を上げた。

彦十郎たちは、身を隠した場所から動かなかった。下手に仕掛ければ、返り討ちに遭う。

弥左衛門たちの一行が遠ざかったところで、

「風間、どうする」

神崎が訊いた。

「あれだけの人数がいては、おれたちに勝ち目はない」

彦十郎が言うと、脇にいた河内もうなずいた。

「横丁に帰りやすか」

猪七が、肩を落として言った。

「いや、賭場からの帰りを見てからだ」

代貸や壺振り、それに用心棒として弥左衛門のそばにいた牢人も、賭場に残るかもしれない、と彦十郎は思った。そうなれば、ここにいる四人で、弥左衛門を討つことができる。

彦十郎たちは通りに出ると、賭場に足をむけた。そして、稲荷の杜の前まで行って足をとめた。赤い鳥居の近くである。そこは、以前賭場を見張った場所だった。

彦十郎たちは、稲荷の杜の樹陰に身を隠して、賭場に使われている仕舞屋に目をやった。ちょうど、弥左衛門の一行が、仕舞屋に入っていくところだった。仕舞屋には灯が点り、人声が聞こえた。

彦十郎は、弥左衛門たちが戸口から消えると、

「せっかく、ここまで来たのだ、弥左衛門が出てくるまで待とう」

と、その場にいた神崎たちに目をやって言った。

賭場が始まって、しばらく経った。弥左衛門たちは、なかなか出てこなかった。どれほど時が過ぎたのか。辺りは深い夜陰につつまれ、上空の三日月が彦十郎たちを見

つめている。

「出て来てもいいころだがな」

　彦十郎が、賭場に目をやったまま言った。

　そのとき、仕舞屋の戸口の板戸があいた。姿を見せたのは、下足番らしいふたりの若い男だった。ふたりは、提灯を手にしている。

　話し声が聞こえ、新たに何人かの男が姿を見せた。数人の子分につづいて、牢人体の武士がふたり、その背後に、弥左衛門の姿があった。

「出てきた！」

　猪七が、身を乗り出して言った。

　弥左衛門の背後に、もうひとり武士がいた。三人の武士は、弥左衛門が賭場に来るとき、いっしょにきた男である。三人は、弥左衛門の用心棒らしい。

　弥左衛門の一行は、身を潜めている彦十郎たちの方に歩いてくる。

　……三人とも、いっしょに帰るのか！

　彦十郎は、胸の内で声を上げた。帰りは、武士を連れてきてもひとりと踏んでいたのだ。

「どうしやす」

猪七が、声を殺して言った。

「大勢過ぎる。ここで、手を出すと返り討ちに遭うぞ」

彦十郎は小声で言って、神崎と河内に目をやった。彦十郎、神崎、河内が、それぞれ武士のひとりを相手にすると、他の男は、猪七を襲うはずだ。猪七は、太刀打ちできないだろう。

「武士が三人か」

神崎が顔を厳しくした。河内の顔にも、戸惑いの色がある。

弥左衛門たち一行は、彦十郎たちが身を潜めている場に近付いてくる。提灯の灯が、弥左衛門や武士たちの姿を黒く浮かび上がらせていた。

彦十郎たちは、稲荷の杜の近くに身を隠したまま動かなかった。深い闇が、彦十郎たちを覆い隠している。

彦十郎たちは息をひそめて、弥左衛門たちの一行を見つめていた。

弥左衛門たちは、無言で彦十郎たちの前を通り過ぎた。提灯の明かりと、男の足音が遠ざかって行く。

「跡をつけてみよう」

彦十郎が言って、通りに出た。

つけていく。

猪七、神崎、河内がつづき、前方に見える提灯の灯を頼りに、弥左衛門たちの跡を
弥左衛門たち一行は、弥左衛門の家のある通りに入っていっとき歩き、道沿いの木戸門の前で足をとめた。門の先の家から灯が洩れている。家に残った身内や子分たちが、親分たちが帰ってくるのを待っているのだろう。

家の表戸が開いて、ふたりの男が姿を見せた。子分らしい。ふたりは弥左衛門たちが帰ってきたのに気付き、木戸門の戸をあけにきたようだ。

すぐに、門の戸が開き、弥左衛門たちは門内に入った。そして、男たちの姿が戸口から家のなかに消えていく。

彦十郎たちは、弥左衛門や子分たちが家のなかに入るのを待ってから、木戸門の近くまで行ってみた。辺りは深い夜陰につつまれ、闇が彦十郎たちの姿を隠してくれる。

家のなかから、かすかに男たちの声がしたが、それもしだいに聞こえなくなり、夜の静寂につつまれていく。

「帰るか」

彦十郎が、神崎たちに声をかけた。

彦十郎たち四人は、人気のない夜道を鶴亀横丁にむかって歩いた。

第四章　隠れ家

1

「風間さま、昨日も、この店を探っていた男がいたようです。それも、ふたり」

平兵衛が、眉を寄せて言った。

「また、この店を探って、襲うつもりかな」

彦十郎は、湯飲みを手にしていた。

彦十郎は朝起きて着替えを終えると、二階から下りてきた。そして、平兵衛のいる帳場で、おしげが仕度してくれた朝飯を食った後、茶を飲んでいたのだ。今日は、奥の座敷でなく、平兵衛のいる帳場で朝飯を食ったのである。

すでに、彦十郎たちは、増富屋を見張っていた男たちを襲い、猪三郎を捕らえて、話を訊いていた。その猪三郎は死んで、墓地に埋めてある。それだけでなく、最近も増富屋を探っていた者たちがいたのだ。

「そうかもしれません」

平兵衛は、困惑の色を深くした。

「放っておくわけにはいかないな」

彦十郎が言った。増富屋を探るだけならいいが、彦十郎や神崎が、店にいないときに襲われれば、平兵衛、おしげ、お春の三人は、どうなるか分からない。うまく、三人が逃げたとしても、店に踏み込んできて壊される恐れがあった。

「店を閉めて、てまえと女ふたりは、どこかに身を隠しましょうか」

平兵衛が、言った。

「そこまでしなくてもいい。それに、おれが困る」

彦十郎が、眉を寄せて言った。平兵衛の家族がいなくなれば、めしが食えなくなるし、寝る場にも困る。

「ともかく、何か手を打つ」

そう言って、彦十郎はすこし冷たくなった茶を飲み干した。

彦十郎が手にした湯飲みを膝の脇に置いたとき、戸口の腰高障子の開く音がした。

姿を見せたのは、神崎と猪七である。

神崎と猪七は、帳場のそばに来ると、

「朝飯を食ってたんですかい」

猪七が、薄笑いを浮かべて言った。

「今日は、寝坊してしまってな」

彦十郎は苦笑いを浮かべ、

「また、弥左衛門の子分が、増富屋を狙っているようなのだ」

と、言い添えた。

「やはり、そうか、……おれもな、長屋の者から、この店を探っている男がいると聞いたのだ」

神崎が、眉を寄せて言った。

「おれたちが、弥左衛門の身辺を探っていることを知って、この店を襲う気になったのかもしれん」

彦十郎は、弥左衛門の子分たちが彦十郎たちを目にして、親分に話したのではないかと思った。

「どうする」

神崎が訊いた。

「増富屋をこのままにして、阿部川町に行くわけにはいかないな」

彦十郎が言うと、

「そいつら、殺っちまいやしょう」

猪七が身を乗り出して言った。

「ともかく、今日はここに残って、様子をみる」

神崎が言うと、

「おれも、そうしよう」

「あっしも」

と、猪七が身を乗り出して言った。

平兵衛は、おしげとお春のいる店の奥の座敷にもどったが、彦十郎、神崎、猪七の三人は、増富屋の帳場に残った。

その日、弥左衛門の子分と思われる男は、なかなか姿を見せなかった。昼ごろ、彦十郎たちが、おしげとお春のふたりで仕度してくれた握りめしを食べ終えると、

「様子を見てきやす」

猪七が言い残し、戸口にむかった。増富屋のなかで何もせずに見張っているのに、

飽きたらしい。

だが、猪七はすぐに慌てた様子でもどってきた。

「いやす！　弥左衛門の子分たちが」

猪七が、昂った声で言った。

「来たか！」

彦十郎が、立ち上がった。

神崎も立ち上がり、猪七につづいて戸口にむかった。

彦十郎たちは、戸口の腰高障子をすこしだけあけ、隙間から通りを見た。

……いる！

彦十郎が、胸の内で声を上げた。

通りの向かいにある足袋屋の脇に、男たちが集まっていた。大勢である。遊び人や渡世人らしい男が十二、三人。それに、顔を見たことのある武士がふたりいた。渡世人らしい男は、長脇差を腰に差している。

「ここにいる三人で、迎え撃つのは無理だな」

神崎が言った。

……大勢で踏み込んできたら、どうにもならぬ。

彦十郎は、平兵衛の家族は守りきれないし、店は壊されるだろうと思った。

「猪七、頼みがある」

彦十郎が、猪七に目をむけて言った。

「なんです」

「店の裏手から出て、佐島どのと河内どのに伝えてくれんか。ふたりが、きゃつらの後ろから攻撃してくれれば、何とか店を守れる」

彦十郎は、弥左衛門の子分たちを挟み撃ちにするつもりだった。

「ふたりに、話してきやす」

猪七は、すぐに店の裏手にまわった。背戸から出て、佐島と河内に助太刀を頼むのである。

2

彦十郎は神崎とふたりで、あらためて表の腰高障子の隙間から外を見た。弥左衛門の子分たちは、足袋屋の脇に集まったまま増富屋に目をむけている。

「ふたり、店の方に来る！」

神崎が、腰高障子の隙間から外を覗きながら言った。

彦十郎が見ると、遊び人ふうの男がふたり、増富屋に近付いてくる。店の様子を探りにきたらしい。

彦十郎と神崎は、戸口から身を引いて帳場にもどった。そして、戸口からは見えない場に身を隠した。

店の戸口に近寄る足音が、かすかに聞こえた。足音は、戸口でとまった。腰高障子の隙間から、中を覗いているらしい。

「だれも、いねえ」

「やけに、静かだ」

戸口から、ふたりの男の声が聞こえた。

すぐに、男の声はやみ、戸口から遠ざかる足音がした。ふたりの男は、仲間たちのいる場にもどったらしい。

「そろそろ来るぞ」

彦十郎が言った。

「戸口で、食い止めるか。家のなかに踏み込まれると、面倒だぞ」

神崎は、腰高障子の隙間から外を覗いて言った。

「そうしよう」

彦十郎は腰高障子をあけて外に出ると、すぐに刀を抜いた。

神崎も、彦十郎からすこし離れた場から外に出た。そして、戸口に立った。すでに、抜き身を手にしている。

「風間だ！」

「神崎もいっしょだぞ！」

近付いてくる男たちのなかから声が聞こえた。彦十郎と神崎のことを知っている子分が、何人もいるようだ。

「ふたりとも、始末しちまえ！」

兄貴分らしい男が言った。三十がらみと思われる浅黒い顔をした男である。

すると、男たちはすこし間をとって、彦十郎と神崎の前に立った。そして、次々に匕首を取り出したり、腰の長脇差を抜いたりした。

「おぬしの相手は、おれだ」

そう言って、大柄な武士が彦十郎の前に立った。

「おぬしの名は」

彦十郎が、武士を見据えて訊いた。何度か顔を目にした男だが、まだ名を知らなかったのだ。

「名無しの権兵衛」

武士が嘯くように言った。

「名無し、いくぞ」

彦十郎は抜刀し、青眼に構えると、剣尖を大柄な武士にむけた。

「おおッ！」

武士が声を上げ、刀を抜いて八相に構えた。

ふたりの間合は、およそ二間半――。真剣勝負の立ち合いの間合としては近いが、腰高障子の前は狭く、しかも、近くに子分たちがいるので、広くとれないのだ。

彦十郎と武士は、青眼と八相に構えたまま動かなかった。ふたりは全身に気勢を漲らせ、気魄で敵を攻めた。

このとき、神崎はもうひとりの武士と対峙していた。面長で、目の細い男である。神崎も、この武士を目にしていた。弥左衛門の用心棒であろう。

「名を聞いておくか」

神崎が言った。

「おれも、名無しだ」

面長の武士が、口にしたことを耳にしたらしい。

神崎と武士は、青眼に構えていた。

間合は三間の余――。一足一刀の斬撃の間境の外である。面長の武士は、神崎の隙のない構えを見て、間合を狭めようとしないのだ。

それに、武士は、神崎の左手にまわり込んだ仲間の男が、手にした長脇差で斬りつけるのを待っているようだ。

このとき、増富屋の戸口に集まっていた男たちの背後に、猪七、佐島、河内の三人の姿が見えた。猪七がふたりに話して、連れてきたのだ。

「後ろから、来やがった！」

「二本差しが、ふたりいるぞ！」

戸口近くにいる子分たちが、声を上げた。

四、五人の男が反転して、手にした匕首や長脇差を走り寄る猪七たち三人にむけたが、いずれも顔に恐怖の色があった。佐島と河内が武士のせいである。

佐島と河内は男たちの近くまで来ると、抜刀した。そして、切っ先を男たちにむけて間合をつめてきた。

猪七は、佐島と河内の背後に立って様子を見ている。

このとき、彦十郎と対峙していた大柄な武士が仕掛けた。背後からきた佐島たちが斬り込んでくる前に、彦十郎を斬ろうとしたようだ。

イヤアッ！

武士は裂帛の気合を発して、斬り込んだ。

八相から踏み込みざま袈裟へ——。

オオッ！

と気合を発し、彦十郎が右手に体を寄せざま、刀身を横に払った。一瞬の太刀捌きである。

武士の切っ先は、彦十郎の肩先をかすめて空を切り、彦十郎の切っ先は、武士の小袖の腹の辺りを横に切り裂いた。

武士は慌てて身を引き、彦十郎との間合をとった。

武士は八相ではなく、青眼に構えて切っ先を彦十郎にむけた。その切っ先が、小刻みに震えている。

武士の小袖の脇腹辺りが、切り裂かれていた。血が滲(にじ)んでいる。彦十郎の横に払った切っ先が、武士の腹部をとらえたのだ。

薄く皮肉を斬られただけだが、武士の顔に恐怖の色が浮いた。彦十郎がこれほどの遣い手とは、思わなかったらしい。

「いくぞ！」

彦十郎は青眼に構えたまま趾（あしゆび）を這（は）うように動かし、武士との間合を狭め始めた。

武士も青眼に構えたが、そのまま後じさった。逃げたのである。

これを見た神崎と対峙していた面長の武士が、

「引け！　引け！」

と、声を上げた。

そして、神崎との間合をとり、

「うぬとの勝負、預けた！」

と、声をかけ、反転して走りだした。

ふたりの武士につづいて、戸口近くにいた子分たちが、慌てて逃げ出した。

彦十郎たちは、逃げる男たちを追わなかった。逃げ足が速く、追っても無駄だと判断したのである。

3

「ひとり、残っていやす」

猪七が、戸口からすこし離れたところに蹲っている遊び人らしい男に目をやって言った。男は、駆け付けた佐島に斬られたのだ。

「あの男に、訊いてみよう」

彦十郎が、呻き声を上げている男に近寄った。

その場にいた猪七、神崎、河内、佐島の四人も、男の近くに集まった。

「名は」

彦十郎が、語気を強くして訊いた。

男は集まった彦十郎たちに目をやり、

「も、元吉(もときち)……」

と、声をつまらせて言った。顔が青褪め、体が顫えている。

彦十郎は、この男、長くない、とみて、

「弥左衛門の指図で来たのか」

と、語気を強くして訊いた。

男は戸惑うような顔をしたが、

「そ、そうで……」

と、小声で言った。

「いっしょにきた牢人だが、おれと斬り合った男の名は」

彦十郎が訊いた。

「ま、増田(ますだ)、宗八郎(そうはちろう)で……」

元吉が答えた。

「もうひとりは」

「み、宮川源之助(みやかわげんのすけ)……」

「ふたりとも、弥左衛門の用心棒だな」

「……………」

元吉は、口を閉じたままちいさくうなずいた。体の顫えが激しくなっている。

「弥左衛門は、増富屋を乗っ取り、身内に店をやらせるつもりなのだな」

彦十郎が、念を押すように訊いた。

「そ、そうで……」

元吉が、喘ぎながら言った。

「この横丁を足掛かりにして、縄張りを西仲町全域に広げるつもりだな」

「…………」

元吉は、無言でうなずいた。

「賭場には、連日出かけているのか」

さらに、彦十郎が訊いた。

「と、賭場を、開くときは、出かけやす」

元吉は、声をつまらせてそう言った後、顔を苦しげにゆがめ、喘ぎ声を上げた。

「しっかりしろ！　元吉」

彦十郎が声をかけた。

元吉の体の顫えが、さらに激しくなった。顔から血の気が引いている。

元吉が、グッ、という喉のつまったような呻き声を漏らし、体が硬直したように動きをとめた。ふいに、元吉の体から力が抜け、ガックリと首が前に落ちた。息の音が聞こえない。

「死んだ……」

彦十郎が小声で言った。

その場に集まっていた男たちは、無言のまま元吉の死体に目をやっていたが、

「元吉は、どうしやす」

猪七が訊いた。

「安五郎や猪三郎と同じだな」

彦十郎は、ふたりと同じように近くにある墓地に元吉の死体を埋めてやろうと思った。

「ともかく、おれと猪七とで、元吉を店の裏手に運んでおく。神崎たち三人は、店に入っていてくれ。相談したいことがあるのだ」

彦十郎は、神崎、河内、佐島の三人を増富屋に入れた。

「猪七、手を貸してくれ」

彦十郎は猪七に声をかけ、通りの邪魔にならないように元吉の亡骸を店の裏手に運んでから、増富屋のなかに入った。

彦十郎は、帳場で神崎たちと顔を合わせた。平兵衛の姿もあった。平兵衛はほっとしたような顔をしていた。神崎たちから、店を襲った男たちを追い払ったことを聞いたのだろう。

「弥左衛門の子分たちも、これで懲りたろう」

彦十郎が言うと、その場にいた男たちもうなずいた。

ただ、彦十郎の顔にも他の男たちの顔にも、安堵の色はなかった。しばらく、増富屋を襲うことはないだろうが、弥左衛門がこのまま鶴亀横丁から手を引くとは思えなかったのだ。

「どうする」

彦十郎が、男たちに目をやって訊いた。

「弥左衛門は、何か手を打ってくるはずだ」

神崎が、つぶやくような声で言った。

「どんな手を打ってきますかね」

平兵衛は、心配そうな顔をしている。

「火をつけるようなことはするまいが、夜襲をかけてくるかもしれんぞ。夜は、おれたちが別々の家にいることを知っているからな」

「夜、襲われたら、どうにもならない」

佐島が困惑の色を浮かべた。

次に口をひらく者がなく、帳場が重苦しい沈黙につつまれたとき、

「弥左衛門が、次の手を打ってくるのを待つことはないな。おれたちが先に手を打っ

て、弥左衛門たちを始末すればいいのだ」

彦十郎が、語気を強くして言った。

「何か、いい手がありやすか」

猪七が訊いた。

他の男たちの目も、彦十郎に集まっている。

「いい手はないな。……いま、やるとすれば、賭場に行き来する弥左衛門を襲うことだけだ」

彦十郎が言った。

いっとき、その場にいた男たちは虚空を睨むように見据えていたが、

「やろう。弥左衛門を討てなかったとしても、自分が狙われていると知れば、弥左衛門は腕の立つ子分たちを身辺に置くはずだ」

神崎が言った。

その場にいた男たちが、無言でうなずいた。

4

翌朝、増富屋の帳場に六人の男が集まった。彦十郎、神崎、猪七、河内、佐島、それに平兵衛である。

五ツ（午前八時）ごろだったが、めずらしく彦十郎は、朝餉をすませていた。

彦十郎は、おしげが淹れてくれた茶を飲み干した後、

「出かけるか」

と、神崎たちに目をやって言った。

神崎が無言でうなずき、傍らに置いてあった刀を手にして立ち上がった。

猪七、河内、佐島の三人がつづいた。平兵衛も腰を上げたが、手ぶらのままである。

彦十郎たち五人は、平兵衛に見送られて増富屋を出た。これから阿部川町へ行き、弥左衛門の身辺を探り、機会があれば討つつもりでいた。

彦十郎たちは、新堀川沿いの道を南にむかって歩いた。そして、阿部川町に入り、前方に小料理屋が見えてきたところで、足をとめた。

彦十郎たちは、小料理屋の脇の道を行けば、弥左衛門の家の前に出られることを知っていたが、その前に新堀川沿いにある店に立ち寄って、弥左衛門のことを聞き込んでみようと思ったのだ。そのつもりで、彦十郎たちは、朝のうちに増富屋を出たので

ある。

「別々に聞き込み、昼近くなったら、そこの小料理屋の脇に集まるか」

彦十郎が言うと、神崎たち四人がうなずいた。

彦十郎はひとりになると、来た道を一町ほどもどり、古着屋があるのに目をとめた。店先に古着が吊してある。

古着屋の前まで行ってなかを覗くと、天井近くに横木が渡してあり、多くの古着が吊してあった。

店の奥の小座敷に、店の親爺らしい男が座っていた。浅黒い顔をした年配の男である。

この地で、長年古着屋をつづけてきた男らしい、と彦十郎はみて、奥の小座敷に近付いた。

「いらっしゃい」

親爺は立ち上がり、土間へ下りようとした。

彦十郎は男に近付き、

「商売の邪魔をして済まぬが、ちと、訊きたいことがあってな」

と、小声で言った。

「なんです」

親爺の顔から愛想笑いが消え、上がり框に腰を下ろした。

「長年、ここで古着屋をつづけているのか」

彦十郎が訊いた。

「親の代からでさァ」

親爺が、顎を突き出すようにして胸を張った。

「それなら、知っているな」

「何です」

親爺は、無愛想な顔のまま訊いた。

「おれの知り合いの男が、この辺りで殺されたのだ。……噂を耳にしたことはあるか」

「そんな話を聞いた覚えがありやす」

親爺は、曖昧な言い方をした。目の前に立った武士が、何を訊こうとしているのか、分からないので警戒しているのだろう。

「殺されたのは、賭場からの帰りだ」

彦十郎が、声をひそめて言った。

「噂は聞きやした」

親爺は、当たり障りのないように答えた。

「賭場の親分は、弥左衛門という男だそうだな」

彦十郎は、弥左衛門の名を出した。

「名は聞いてやす」

親爺が小声で言った。

「おれは、殺された男の敵を討ってやるつもりなどないが、近くを通りかかったので、弥左衛門は、どんな男か知りたいと思ってな」

「そうですかい」

親爺の顔から警戒の色が消えている。殺された男が、前に立っている男の知り合いだと信じたらしい。

「弥左衛門は、この辺りにも顔を出すのか」

「滅多にきやせん。親分は用心深い男でしてね。何かの用で住家を離れるときは、腕の立つ用心棒を連れてまさァ」

「腕のたつ用心棒は、武士だな」

彦十郎は、増田と宮川だろう、とみた。

「そうでさァ」

「武士は何人いるのだ」

彦十郎は、念のために訊いてみた。

「ふたりでさァ」

「そうか」

やはり、増田と宮川らしい。ふたりの他にも、武士がくわわったことがあるが、武士の用心棒がそう多くいるはずはないので、賭場に来た牢人に金を出して手を借りただけだろう。

「ふたりの武士は、親分の家で寝泊まりしているのか」

「詳しいことは知らねえが、宮川の旦那は、近くに塒がありやすぜ」

親爺が、声をひそめて言った。

「近くに、家があるのか」

「店でしてね。宮川の旦那の情婦(いろ)が、女将(おかみ)をやってるんでさァ」

「情婦の店か。それで、どんな店だ」

「この先の小料理屋でさァ」

親爺が、通りの先を指差して言った。

「一町ほど先にある小料理屋か」

彦十郎が、身を乗り出すようにして訊いた。

「そうでさァ」

「あの店に、宮川の情婦がいるのか」

彦十郎は小料理屋を見張れば、宮川を討つことができるとみた。

「手間をとらせたな」

彦十郎は、親爺に礼を言って古着屋を出た。

それから、彦十郎は通り沿いにあった店に足をとめて訊いたが、新たなことは知れなかった。

5

彦十郎が小料理屋の近くにもどると、猪七の姿はあったが、神崎、河内、佐島の三人は帰っていなかった。

「猪七、ここはまずい。ちと、離れよう」

そう言って、彦十郎は猪七を連れ、小料理屋から半町ほど離れた。ただ、神崎たちがもどってきたら、呼びに来なければならないので、小料理屋の見える場にとどまった。

「旦那、何かあったんですかい」

猪七が訊いた、

「神崎たちが、来たら話す」

彦十郎はそう言って、小料理屋に目をやった。

彦十郎と猪七が小料理屋から離れていっときすると、神崎たち三人が姿を見せた。

「猪七、神崎たちをここに呼んでくれ」

彦十郎が頼んだ。

「承知しやした」

猪七は、すぐにその場を離れ、小料理屋の近くに立っている神崎たち三人を連れてきた。

「風間どの、何かあったのか」

佐島が訊いた。

「いや、あの小料理屋はな、宮川の情婦が女将をやっている店らしいのだ。下手をすると、おれたちのことを気付かれる」

「そういうことか」

佐島が言った。神崎と河内も、納得したような顔をした。

「ところで、何か知れたか」

彦十郎が、その場に顔をそろえた神崎たちに目をやって訊いた。

「弥左衛門は、用心深い男でな。隠れ家を出るときは、増田と宮川の他に、何人もの子分を連れてるそうだ」

佐島が言った。

「おれも、そのことは聞いた」

神崎はそう言った後、

「それに、滅多に家を出ないようだ」

と、言い添えた。

「家というのは、小料理屋の脇の道の先にある家だな」

彦十郎が、念を押すように訊いた。

「そうだ」

神崎が言うと、佐島と河内がうなずいた。

「あの家には、子分たちも寝泊まりしているのだな」

「そうらしい。……おれが訊いた男は、十人ほどいるのではないかと口にしたが、はっきりしたことは分からないらしい」

神崎に代わって、佐島が言った。

「子分たちのなかに、増田と宮川もいるとなると、家に踏み込んで弥左衛門を討つのは、むずかしいな」

下手に弥左衛門の家に踏み込んだりすれば、返り討ちに遭うだろう、と彦十郎は思った。

次に口をひらく者がなく、その場が重苦しい沈黙につつまれたとき、

「やはり、賭場の行き帰りを狙うしかないか」

と、彦十郎が言った。

「帰りは、子分たちがすくないかもしれんぞ」

佐島が言った。

「よし、賭場の帰りを狙おう」

そう言って、彦十郎は頭上に目をやった。

陽は、西の空にまわっていた。八ツ半（午後三時）ごろであろう。

「まだ、賭場がひらくまでに、間がある。どこかで、腹拵え（はらごしら）をしておくか」

彦十郎が言った。

「そうしやしょう」

すぐに、猪七が言った。

神崎、佐島、河内の三人も、うなずいた。その場にいた男たちは、昼飯を食っていなかったのだ。

彦十郎たちは来た道を引き返し、道沿いにあった一膳めし屋に入った。できれば、一杯やりたいところだったが、めしだけで我慢した。これから、弥左衛門の子分たちと一戦交えるかもしれないのだ。

彦十郎たちは腹を満たしただけで、一膳めし屋を出た。彦十郎たちは、人目を引かないようにすこし離れて歩いた。

小料理屋のそばまで来ると、店の脇にある細い道に入った。その道の先に、弥左衛門の家がある。

先にたったのは、彦十郎と猪七だった。神崎、河内、佐島の三人は、それぞれすこし間をとって歩いてくる。

彦十郎と猪七は、いっとき歩いたところで足をとめた。すこし先に、二階建ての大きな家があった。弥左衛門の住む家である。

彦十郎と猪七は、道沿いにあった仕舞屋の陰に身を隠した。そこは、以前身を隠して弥左衛門の家を見張った場所だった。

後続の神崎、河内、佐島の三人も、彦十郎のそばに身を隠した。

「あれが、弥左衛門の家だ」

彦十郎が指差して言った。

「大きな家だ」

佐島が言った。

神崎と河内は黙っている。すでに、ふたりは、弥左衛門の家を目にしていたのだ。

「まだ、賭場にむかうには、すこし早いかな」

神崎が西の空に目をやって言った。

陽は西の空にまわっていたが、まだ日没には間がある。弥左衛門は陽が沈むころ、家を出て賭場にむかうことが分かっていたのだ。

彦十郎たちは、仕舞屋の陰に身を隠したまま弥左衛門たちが出てくるのを待った。その場に、身を隠して半刻（一時間）も経ったろうか。西の空にまわった陽が雲の陰に入り、辺りが夕暮れ時のように薄暗くなった。

「出てきたぞ！」

猪七が、声を殺して言った。

木戸門の門扉があいて、男たちが通りに出てきた。

6

遊び人ふうの男が六人。つづいて宮川と増田、そして、弥左衛門。その後ろに代貸と壺振り、さらに五人の子分がつづいた。総勢、十六人である。

「人数が多いな」

神崎が驚いたような顔をした。

「この前見たときより、子分の数が多い」

彦十郎が言った。以前見たときより、人数が多かった。弥左衛門は、彦十郎たちの襲撃に備えて人数を増やしたのかもしれない。

「どうしやす」

猪七が訊いた。

「以前、見たときも、子分の人数が多かったので、仕掛けられなかったが、今日はさらに多い。……仕掛けるのは、無理だな」

彦十郎は、このまま仕掛けたら、弥左衛門を仕留めるどころか、返り討ちに遭うとみた。

神崎たち三人も、顔を厳しくして弥左衛門の一行を見つめている。

弥左衛門の一行は、通りの先に遠ざかっていく。

「賭場からの帰りを襲いやすか」

猪七が訊いた。

「念のため、帰りも見てみるか」

彦十郎は、帰りも弥左衛門の一行の人数は変わらないとみた。以前見たときも、帰りの子分たちの人数は変わらなかったのだ。それに、宮川と増田も、いっしょである。

彦十郎たちは弥左衛門の一行が遠ざかってから、いったん新堀川沿いの道に出て賭場につづく道に出た。賭場までの道筋は分かっていたので、弥左衛門たちの跡をつける必要はなかったのだ。

彦十郎たちは、稲荷の杜の前まで来て足をとめた。そして、赤い鳥居の近くの樹陰に身を隠した。そこは、以前、彦十郎たちが賭場を見張った場所である。

すでに、賭場の博奕は始まっているらしく、賭場になっている仕舞屋から男たちの声が聞こえてきた。

彦十郎たちが、その場に身を隠して一刻（二時間）ほど経ったろうか。辺りは、深い夜陰につつまれていた。仕舞屋のなかでは博奕がつづけられているらしく、ふいにどよめきが起こったり、静寂につつまれたりしていた。

「弥左衛門が、出てきてもいいころだな」

彦十郎が、賭場を見つめて言った。以前見たときもそうだが、貸元である弥左衛門は後を代貸に任せ、博奕がつづいている途中で出てくることが多いのだ。

「出てきたぞ！」

神崎が声を殺して言った。

戸口から出てきた数人の子分たちにつづいて、弥左衛門の姿が見えた。さらに、増田と宮川。ふたりの後に、六人の子分が姿を見せた。子分たちの人数は、来たときと変わらなかった。おそらく、来たときの子分が、帰るときも親分の護衛についたのだろう。代貸と壺振りの姿はなかった。賭場に残ったのである。

「仕掛けるのは、無理だ」

彦十郎が言った。弥左衛門の護衛は、来たときとほとんど変わらないのだ。

彦十郎たちは、樹陰に身を隠したまま弥左衛門の一行をやり過ごした。そして、一行が遠ざかってから樹陰を出て、来た道を引き返した。

「賭場の行き帰りに、弥左衛門を襲うのはむずかしいな」

佐島が歩きながら言った。

「弥左衛門の子分たちだけなら、人数が多くても何とかなるが、増田と宮川がいっしょだと討つのがむずかしい」

彦十郎は、増田と宮川に弥左衛門の前後に立って守られると、討つのがむずかしくなるとみていた。子分たちも大勢おり、下手をすると返り討ちに遭う。

「待ち伏せしていて、弥左衛門たちが賭場にむかう途中、襲うか」

河内が言った。

「それも手だが、おれは宮川を先に討つ手もあるとみたのだ。宮川の情婦が、小料理屋の女将だと話したな」

彦十郎がいうと、男たちがうなずいた。

「宮川が、小料理屋に姿を見せたとき、襲えば、討つのはそうむずかしくない」

「いい手だ！」

神崎が、声を上げた。そばにいた、河内たちもうなずいている。

「ともかく、小料理屋に目を配ることにしよう」

彦十郎は、宮川が小料理屋に来ているかどうか探るのも容易ではないとみていた。下手に探って、宮川や女将に気付かれれば、宮川は小料理屋に近付かなくなるだろう。

彦十郎たちは、そんな話をしながら、夜陰につつまれた新堀川沿いの道を北にむかった。今夜はこのまま、鶴亀横丁に帰るのである。

翌朝、彦十郎は、陽がだいぶ高くなってから目を覚ました。昨夜、増富屋に帰ったのは夜更けだった。彦十郎は、寝ずに待っていた平兵衛が出してくれた酒を飲み、そのまま二階に上がって寝てしまったのだ。

彦十郎は、増富屋の奥の座敷で、おしげが仕度してくれた朝飯を食った後、茶を飲んでいた。すると、平兵衛が座敷に入ってきて近くに座り、

「気になることがありましてね」

と、眉を寄せて言った。

「何が気になるのだ」

彦十郎が訊いた。

「昨日、風間さまたちが店を出てしばらく経ってから、搗米屋の栄吉(えいきち)さんが店に見え

ましてね。ふたりの男に、この店や風間さまたちのことを色々訊かれたと話してくれたんです」

平兵衛が言った。栄吉の搗米屋は鶴亀横丁にあり、彦十郎も栄吉のことを知っていた。

「どんなことを、訊かれたのだ」

彦十郎は、ふたりの男は弥左衛門の子分だろうと思った。

「彦十郎さまを阿部川町で見掛けたのだが、ちかごろ、この横丁を留守にすることが多いのかと訊いたそうで」

「なに、おれを阿部川町で見掛けたと！」

彦十郎の声が、大きくなった。

「栄吉さんは、そう言ってました」

「うむ……」

おそらく、弥左衛門の子分が、阿部川町でおれたちの姿を目にしたのだろう、と彦十郎は思った。

「子分たちが、また、この店を襲うのではないかと心配で……」

平兵衛が、眉を寄せて言った。

彦十郎はいっとき黙考していたが、

「平兵衛、心配するな。弥左衛門の子分たちが、大勢横丁に乗り込んでくれば、すぐに知れる。……それにな、いまのところ、弥左衛門たちに、この横丁に乗り込んでくるような動きはない」

と、はっきりと言った。

「それを聞いて、安心しました」

平兵衛が、表情をやわらげた。

7

彦十郎と平兵衛が、帳場にもどっていっときすると、猪七と神崎が顔を出した。

「茶を淹れましょう」

平兵衛がそう言って腰を上げると、

「佐島どのと河内どのも来ることになっているのだ。茶なら、ふたりが来てから淹れてくれ」

彦十郎が、平兵衛に声をかけた。

「そうですか」

平兵衛は、座りなおした。

猪七と神崎が姿を見せて小半刻（三十分）ほど経ったろうか。佐島と河内が、帳場に顔を見せた。

平兵衛は佐島と河内に頭を下げ、

「すぐ、茶を淹れます」

と言い残し、帳場から出ていった。

彦十郎は平兵衛がいなくなると、

「この店を探っていた者がいるようだ」

小声で言った。

「弥左衛門の子分か」

神崎が訊いた。

「そうみていいな」

「弥左衛門には、この横丁から手を引く気はないのか」

河内が、苛立（いらだ）ったような声で言った。

「ないな。……弥左衛門はこの横丁を足掛かりにして、浅草寺界隈まで縄張（しま）を広げようという野心があるからな」

彦十郎が言った。

「厄介な相手だ」

佐島が顔をしかめた。

「いずれにしろ、おれたちは横丁を奪われる前に、弥左衛門一家を潰すしかない」

「弥左衛門を討つのは、むずかしいぞ。いつも、子分たちがそばにいるからな。それに、腕のたつ増田と宮川も、そばについている」

神崎が言った。

次に口をひらく者がなく、帳場が重苦しい沈黙につつまれたとき、

「こっちから仕掛けるか」

彦十郎が、語気を強くして言った。

「何かいい手はあるか」

神崎が、身を乗り出すようにして訊いた。その場にいた猪七、佐島、河内の三人も、彦十郎を見つめている。

「まず、弥左衛門の用心棒を討ち取るのだ」

彦十郎が言った。

「増田と宮川か」

神崎が訊いた。

「先に、宮川だ。……宮川の情婦がやっている小料理屋があるな」

「阿部川町にある店だな」

佐島が言った。

「そうだ。宮川は、あの小料理屋に姿を見せるはずだ。そのとき襲えば、宮川を討てるはずだ」

「宮川を討ちやしょう！」

猪七が声高に言った。

帳場にいた神崎、佐島、河内の三人が、うなずいた。その気になっている。

「さっそく、今日にも、小料理屋を探ってみよう。宮川が来ていなければ、どうにもならないからな」

彦十郎が、座敷にいる男たちに目をやって言った。

そのとき、平兵衛とおしげが姿を見せた。おしげは、帳場にいる男たちに茶を淹れてくれたらしく、湯飲みを載せた盆を手にしていた。

おしげは、彦十郎たち四人の膝先に湯飲みを置いてから、

「何かあったら、知らせてくださいね」

と、平兵衛に声をかけ、座敷から出ていった。座敷にいると、男たちの話の邪魔になると思ったらしい。

彦十郎はおしげの足音が遠ざかるのを待ち、

「いま、五人で話したのだが、弥左衛門の子分たちが横丁で動きまわらないように手を打つつもりだ」

と、平兵衛に目をやって言った。

「そのような手が、ありますか」

「ある。うまくすれば、弥左衛門は、この横丁から手を引くかもしれん」

彦十郎がそう言うと、

「そうなると、安心して暮らせます」

平兵衛が座敷にいる男たちに目をやり、あらためて頭を下げた。

彦十郎たち五人は、いっとき茶を飲んで過ごした後、

「おれたちは、出かける。弥左衛門の子分たちは姿を見せないと思うが、見掛けても放っておけ」

と、彦十郎が平兵衛に言い残し、増富屋を出た。むかった先は、阿部川町である。

彦十郎たちは鶴亀横丁を出ると、東本願寺の門前通りを経て、新堀川沿いの道に出た。その道を南にむかえば、宮川の情婦が女将をやっている小料理屋がある。

彦十郎たちは、前方に小料理屋が見えてきたところで足をとめた。まず、小料理屋に、宮川が来ているかどうか探らねばならない。

「どうしやす」

猪七が訊いた。

「猪七、店の者に気付かれないように近付いてな、まず、宮川がいるかどうか探ってくれんか」

彦十郎が言った。町人の猪七の方が、店の者に不審を抱かせないと思ったのだ。

「任せてくだせえ」

猪七は彦十郎たちから離れると、通行人を装って小料理屋にむかった。

8

猪七は小料理屋の前まで来ると、路傍に足をとめ、草鞋を直すようなふりをして屈み込んだ。

猪七はいっとき屈み込んでいたが、立ち上がると、半町ほど歩いてから足をとめ、彦十郎たちのいる場にもどってきた。

「宮川はいたか」

すぐに、彦十郎が訊いた。

「客はいやしたが、宮川はいねえようだ」

猪七によると、店のなかから男と女の声が聞こえたそうだ。女は女将らしかったが、男は武士ではなく町人の物言いだったという。

「まだ、来てないのかもしれん」

彦十郎が、西の空に目をやって言った。

陽は西の空にまわっていた。八ツ半（午後三時）ごろだろう。まだ、小料理屋で一杯やるのは、早いかもしれない。

彦十郎たちは、人目を引かないように道沿いで枝葉を茂らせている樫の樹陰に身を隠して、小料理屋に目をやっていた。

彦十郎たちが、その場に身を隠して、半刻（一時間）ほど経ったろうか。小料理屋の脇の道から、武士と遊び人ふうの男が姿を見せた。

「宮川だ！」

猪七が身を乗り出して言った。

宮川と遊び人ふうの男は、小料理屋の前で足をとめると、通りの左右に目をやってから、格子戸をあけて店に入った。

「やっと、姿を見せたな」

彦十郎が言った。

「店に踏み込みやすか」

猪七が意気込んで言った。

「待て、焦ることはない。宮川が酒を飲んでからでいい。酔っていた方が、討ち取りやすいからな」

彦十郎は、宮川といっしょに店に入った遊び人ふうの男も討ち取ろうと思った。

彦十郎たちはいっとき経ってから通行人を装って、小料理屋の前まで行ってみた。店のなかから女の声と宮川の声が聞こえた。女は、女将らしい。

彦十郎たちは店の前を通り過ぎ、すこし離れてから路傍に足をとめた。

「さて、どうする」

彦十郎が、男たちに目をやって訊いた。

「店に踏み込むと、逃げられるかもしれん。裏手が、どうなっているか分からんし、狭い座敷でやり合うと思わぬ不覚をとることがある」

河内が、言った。

「店の外に、呼び出す手があるといいんだが」

彦十郎も、狭い店のなかに踏み込んでやり合うのは危険だと思った。

「あっしが、呼び出しやしょうか」

猪七が意気込んで言った。

「何か、いい手はあるか」

「弥左衛門の子分に成り済まして、ふたりを外に呼び出しやす」

「うまく、できるか」

「店のなかは、薄暗え(うすぐれ)はずだ。それに、酒がまわれば、あっしを子分とみるはずでさア」

「猪七に頼む」

彦十郎は、宮川が猪七をどこかで見掛けて顔を覚えていたとしても、相手が猪七ひとりなら油断して外へ出てくるかもしれない、と思った。

猪七は、店の格子戸をあけて中に入った。

彦十郎たちは、小料理屋の両脇に身を隠した。猪七が、宮川を店の外に連れ出したら、討ち取るのである。

小料理屋の店内から、猪七と宮川のやり取りが聞こえた。猪七は弥左衛門の子分のひとりを装っているらしい。

宮川の「増田どのは、外で待っているのか」という声が聞こえた。どうやら、猪七は増田に頼まれて、店に来たふりをしているらしい。宮川は猪七の顔を覚えていなかったか、店内が暗く、顔がはっきり見えないかである。

「増田どのは、どうして店に入ってこないのだ」

宮川が訊いた。

「増田の旦那は、急いでやしてね。腰を落ち着けて話してる間はねえ、と言ってやした」

猪七が、もっともらしく言った。

「何か、あったのかな」

宮川は、「泉吉(せんきち)も、いっしょに来い」と声をかけた。遊び人ふうの男は、泉吉という名らしい。

土間を歩く三人の足音がし、格子戸が開いた。まず、猪七が姿を見せ、つづいて宮川、宮川の背後に泉吉と呼ばれた男が姿を見せた。

宮川は店の前で足をとめ、

「増田どのは、どこにいるのだ」

と、通りの左右に目をやって言った。

このとき、彦十郎たち四人は、店の左右に分かれて身を隠していた。

「そこに、いやす」

猪七が、店の脇を指差した。

「どこだ」

そう言って、宮川と泉吉が店の脇にむかって歩きだした。

そのとき、店の脇に身を隠していた彦十郎と神崎が、宮川たちの前に飛び出した。

すでに、ふたりは抜き身を手にしていた。淡い夕陽を反射て、刀身が血濡れたように赤味を帯びて光っている。

宮川はギョッとしたように、その場に棒立ちになり、

「騙し討ちか！」

と叫びざま、反転して店に駆け戻ろうとした。

だが、宮川は動かなかった。いや、動けなかったのである。目の前に、抜き身を手にした佐島と河内の姿があったのだ。

「おのれ！」

叫びざま、宮川が抜刀した。

そばにいた泉吉も、懐から匕首を取り出したが、恐怖で体が顫えている。

「宮川、観念しろ！」

彦十郎が、宮川の背後から迫った。

宮川は背後から近付いてくる彦十郎に気付き、抜き身を手にしたまま反転した。そして、青眼に構えた。

宮川は遣い手だったが、気が異常に昂り、酒気も手伝ったらしく、青眼に構えた切っ先が震えていた。

対する彦十郎は、八相に構えた。腰の据わった隙のない構えである。

ふたりの間合は、二間ほどしかなかった。真剣勝負の立ち合いの間合としては、かなり近い。宮川が酔っていたせいもあるが、その場が狭く、しかも、泉吉が宮川の近くにいて、広く間合がとれなかったのだ。

「いくぞ！」

彦十郎が先(せん)をとった。

趾(あしゆび)を這うように動かし、ジリジリと間合を狭めていく。

――一足一刀の斬撃の間境まで、あと一歩。

彦十郎がそう読んだとき、ふいに宮川の青眼に構えた切っ先が揺れた。彦十郎の気魄に押され、腰が浮いたのだ。

この隙を、彦十郎がとらえた。

イヤアッ！

裂帛の気合を発し、彦十郎が踏み込みざま斬り込んだ。一瞬の太刀捌きである。

八相から袈裟へ――。

稲妻のような閃光がはしった。

咄嗟に、宮川は身を引いたが、間に合わなかった。

ザクリ、と宮川の小袖が、肩から胸にかけて斬り裂かれ、露になった肌に血の線がはしった。

宮川は呻き声を上げて、よろめいた。斬られた傷口から血が噴き、肩から胸にかけて赤く染まっていく。骨をも切断する深手だった。見る間に宮川の上半身は血塗れになり、腰から崩れるように転倒した。

俯せに倒れた宮川は、苦しげな呻き声を漏らしたが、いっときすると息の音が聞こえなくなった。

「死んだ」

彦十郎が、抜き身を手にしたまま小声で言った。

このとき、泉吉は神崎と対峙していた。手にした匕首が、恐怖で震えている。

泉吉は宮川が斬殺されたのを知ると、

「助けてくれ！」

と、叫びざま、反転して逃げようとした。

「逃がさぬ」

神崎が手にした刀を袈裟に払った。

切っ先が、反転して後ろを見せた泉吉の首をとらえた。

泉吉の首から、血が赤い帯のようにはしった。首の血管（ちくだ）を斬ったらしい。泉吉は前によろめき、つんのめるように倒れた。

地面に腹這いになった泉吉は、首をもたげたが、すぐに地面につっ伏したまま動かなくなった。

神崎は泉吉の前に立ち、

「成仏したか」

と、つぶやいた。

そこへ、河内と佐島が近寄り、

「始末がついたな」

と、河内が神崎に声をかけた。

神崎は無言でうなずき、血の付いた刀身を振って血を切ってから静かに納刀した。

「通りの邪魔だ。ふたりの死体を、このままにしておけないな」

彦十郎はそう言って、その場にいた男たちとともに、宮川と泉吉の死体を道沿いの叢（くさむら）のなかに運んだ。

彦十郎たちは死体の始末がつくと、夕闇の染まった道を北にむかった。今日は、このまま鶴亀横丁に帰るのである。

第五章　死闘

1

彦十郎たちが、宮川と泉吉を討ち取った翌日だった。

四ツ（午前十時）過ぎ、彦十郎が増富屋の帳場で、平兵衛と話しながらおしげが淹れてくれた茶を飲んでいると、神崎と猪七が姿を見せた。

ふたりは、急いで来たらしく息が乱れていた。

「何かあったのか」

彦十郎が訊いた。

「いや、ここに来る途中、遊び人ふうの男がふたり、横丁の通り沿いの店の者と話しているのを目にしたのだ。それで、猪七とふたりで、店の親爺に訊いてみた」

神崎が言った。

「それで」

彦十郎が、話の先をうながした。

「親爺の話だと、ふたりの男は、おれや風間のことを訊いたらしい」

「どんなことを、訊いたのだ」

「昨日、鶴亀横丁から出かけなかったか、訊いたそうだ」

「親爺は、どう答えたのだ」

「どこへ行ったか知らないが、横丁から出ていく姿を目にしたと話したようだ」

神崎がそう言うと、

「だれが、宮川と泉吉を斬ったのか、探りに来たんですぜ」

脇にいた猪七が、口を挟んだ。

「そうらしいな」

彦十郎も、宮川と泉吉が殺されているのを目にした弥左衛門の子分が、斬った相手を探りに来たのだろうと思った。

彦十郎たちが、そんなやり取りをしているところに、佐島と河内が姿を見せた。

「ともかく、座敷に上がってくだされ。いま、おしげに茶を淹れさせますから」

そう言って、平兵衛は奥の座敷にむかった。

彦十郎は神崎や佐島たちが、座敷に腰を下ろすのを待ち、

「どうやら、弥左衛門一家の者たちは、宮川と泉吉が殺されたのを知ったらしい」

と、佐島たちに言った。

「どうする」

佐島が訊いた。

「狙いどおり、今日にも阿部川町に出かけて弥左衛門を討つつもりだ。そのために、宮川を斬ったのだからな」

彦十郎が、語気を強くして言った。

「おれも、そのつもりで来た」

神崎が言うと、佐島と河内もうなずいた。

彦十郎たちが、そんな話をしているところに、平兵衛とおしげが姿を見せた。神崎たちに茶を淹れてくれたらしい。

おしげは、その場に顔をそろえた神崎たちに茶を出してから、

「何かあったら、声をかけてください。奥にいますから」

と言い残し、盆を手にして座敷から出た。座敷に、何人もの男が腰を下ろしていた

ので、おしげのいる場がなかったのだ。それに、おしげは男たちの話の邪魔になると思ったらしい。

神崎たちは、いっとき茶を飲んだ後、

「何刻ごろ出かける」

と、佐島が訊いた。

「昼飯の後がいいな。……弥左衛門たちが賭場へ出かける途中、仕掛けるつもりだが、その前に、襲う場を見ておきたいのだ」

彦十郎が言うと、その場にいた男たちがうなずいた。

「増田や子分たちは、弥左衛門といっしょに賭場へ行くだろうな」

佐島が、念を押すように言った。

「弥左衛門は、宮川がおれたちに斬られたことを知ったはずだ。用心して、子分の人数を増やすとみている」

神崎が言うと、

「それに、賭場へ行き来する道筋を変えるかもしれんぞ」

河内が、脇から口を挟んだ。

「いずれにしろ、すこし早めにここを出て、様子を探っておこう」

彦十郎が言うと、座敷にいた男たちがうなずいた。

その後、彦十郎たちは、おしげとお春のふたりで用意してくれた握りめしで、腹拵えをしてから増富屋を出た。

彦十郎たちは鶴亀横丁を出ると、人目を引かないようにすこし間をとって歩いた。田原町から東本願寺の門前通りを経て、新堀川沿いの道を南にむかった。このところ、彦十郎たちが何度も行き来した道筋である。

いっとき歩くと、前方に小料理屋が見えてきた。

「店は、閉まっているようですぜ」

彦十郎の近くを歩いていた猪七が言った。

「そのようだ」

店先に、暖簾が出ていなかった。店はひっそりとして、話し声も物音も聞こえない。宮川の情婦の女将が、いるかどうかも分からない。

「女将の店なら、そのうちひらくはずだ」

彦十郎は、女将のことまで心配することはない、と思った。

彦十郎たちは、小料理屋の脇の道に入った。その道の先に、弥左衛門の住む家がある。

いっとき歩いて、前方に二階建ての大きな家が見えてくると、彦十郎は路傍に足をとめた。そして、彦十郎は後続の神崎たちが近付くの待ち、

「変わった様子はないな」

と、弥左衛門の住む家に目をやって言った。

「賭場にむかうまでには、間がある。すこし待つことなるな」

神崎が言った。

「また、そこで待とう」

彦十郎たちは、道沿いにあった仕舞屋の陰に身を隠した。そこは、何度か身を隠して弥左衛門の家を見張った場所である。

2

彦十郎たちが仕舞屋の陰に身を隠して、どれほどの時が過ぎたのか。陽は西の家並の向こうに沈みかけていた。

「そろそろ、姿を見せてもいいころだな」

彦十郎が言った。

その声が、聞こえるはずはなかったが、家の入り口の戸があいて、子分らしい男が姿を見せた。

つづいて、七、八人の男が姿を見せ、その後から武士が出てきた。

「増田だ！」

神崎が言った。

増田につづいて代貸と壺振り、その後に弥左衛門の姿があった。弥左衛門の後ろから、子分が七人つづいた。総勢、十七、八人である。以前、彦十郎が賭場へむかう弥左衛門たちを見たときより供の人数が、すこし増えたように思われた。ただ、武士である宮川がいなくなったので、何となく戦力が落ちたような感じがする。

「どうしやす」

猪七が、訊いた。

「帰りを狙おう。この前のように、代貸と壺振りは、いなくなるはずだ」

彦十郎が言った。弥左衛門は博奕がおこなわれている途中出てくるので、代貸と壺振りは賭場に残るのである。

弥左衛門たち一行は、稲荷の杜の前を通り過ぎた。賭場は、稲荷の杜の先にある。

彦十郎たちは、弥左衛門たちの跡をつけたが、大きく間をとっていた。賭場のある場所は分かっていたし、弥左衛門たちが、いつごろ賭場から出てくるかも見当がついている。

彦十郎たちは稲荷の杜の前まで行って、足をとめた。そして、赤い鳥居の近くに集まった。そこは、以前賭場を見張った場所である。

「しばらく、待たねばならない」

彦十郎が、男たちに目をやって言った。

貸元である弥左衛門は客たちに挨拶した後、いっとき賭場に残り、代貸に後を任せて賭場を出る。そのときも、来たときと同じ子分たちを連れてくるはずだ。ただ、壺振りと代貸は、賭場に残るので二人すくなくなる。

彦十郎は辺りが暗くなり、子分が二人すくなくなることから、賭場からの帰りを狙ったのである。

彦十郎たちが稲荷の鳥居の前でしばらく待つと、辺りは夜陰につつまれ、夜空に弦月がくっきりと見えるようになった。

「そろそろだな」

彦十郎が言った。彦十郎たちはこの場で、弥左衛門を待ったことがあったので、どれほど待てば、賭場から出てくるか分かっていた。

「出てきやした！」

猪七が、声を殺して言った。

「佐島どの、この場にいてくれ」

彦十郎が声をかけた。

「承知」

佐島が、うなずいた。

「おれも、この場だな」

河内が言った。

彦十郎たちは、弥左衛門を待ち伏せて戦うおり、どう動くか決めてあった。彦十郎は、増田の前に立つ。当然、真剣で勝負することになる。

神崎は弥左衛門の前にまわって討ち取るか、取り押さえるかするのだ。河内と佐島はこの場にいて子分たちの動きを見て、対処することになるだろう。

一方、猪七は稲荷の杜のなかに身を潜めていて、弥左衛門や増田がその場から逃げたら、跡をつけて行き先をつきとめることになっていた。

ただし、子分たちの動きによっては、彦十郎たちの思いどおりにならないだろう。そのときは、それぞれが判断して動くことになる。

弥左衛門たち一行は、稲荷の杜に近付いてきた。彦十郎たちには気付いていないらしく、子分たちは何やら話しながら歩いてくる。

一行が近付いたとき、彦十郎と神崎が抜刀し、抜き身を手にしたまま稲荷の杜の樹陰から走り出た。河内、佐島、猪七の三人は身を潜めている。

弥左衛門たちは、彦十郎と神崎を目にして、ギョッとしたような顔をして足をとめた。咄嗟に、暗がりから飛び出したふたりが、何者か分からなかったらしい。

彦十郎は増田の前に、神崎は弥左衛門にむかって走った。

「横丁のやつらだ！」

増田が叫んだ。

「怯むな！」「親分を守れ！」などと男たちの声がひびいた。そして、子分たちが刀や長脇差を抜いたらしく、淡い夜陰のなかに青白い光が交差した。

子分たちは、それぞれの武器を手にしたまま神崎にむかった。親分を助けるつもりらしい。

これを見た河内と佐島は、身を隠していた杜から飛び出し、子分たちにむかって走った。

彦十郎は増田の前に立った。

「風間か！」

増田が、彦十郎を睨むように見据えた。

「今日こそ、おぬしを斬る！」

言いざま、彦十郎は青眼に構えた。

増田は一歩身を引いて、近くにいる弥左衛門に目をやってから、

「返り討ちにしてくれるわ！」

と、声を上げ、青眼に構えた。

彦十郎と増田は青眼に構え合い、切っ先を相手の目にむけた。ふたりとも、腰の据わった隙のない構えである。

ふたりの間合は、およそ二間半——。まだ、一足一刀の斬撃の間境の外である。

……遣い手だ！

彦十郎は、胸の内で声を上げた。

増田の青眼の構えには隙がないだけでなく、剣尖が眼前に迫ってくるような威圧感があった。

増田も、動かなかった。彦十郎の青眼の構えを見て、遣い手だと察知したからだ。

このとき、神崎は弥左衛門の前に立っていたが、すぐに近くにいた子分のひとり

が、

「てめえの相手は、おれだ！」

と、叫んで、神崎の前に立ち塞がった。

男は長脇差を手にしていた。目がつり上がり、歯をむき出しにしていた。牙を剝いた野獣のようである。

3

河内と佐島は、子分たちを前にして抜き身を手にしていた。

子分たちは、いずれも匕首や長脇差を持っていた。そして、血走った目で、それぞれの前にいる河内と佐島を見据え、切っ先をむけていた。

「斬られてもいいやつは、かかってこい！」

河内が叫んだ。

すると、前に立っていた大柄な子分のひとりが、

「殺してやる！」

叫びざま、手にした匕首を前に突き出して、踏み込んできた。

咄嗟に、河内は右手に体を寄せざま、手にした刀を袈裟に払った。素早い動きである。

河内の切っ先が子分の肩先から胸にかけて斬り裂き、子分の匕首は、河内の左肩をかすめて空を切った。

河内はその場に立ったまま、別の子分に切っ先をむけた。

河内に斬られた子分は、三間ほど前によろめき、足が止まると反転した。だが、体が揺れ、腰から崩れるように転倒した。

河内は対峙した別の子分に、

「次は、貴様の首を斬り落とす！」

と、叫びざま、一歩踏み込んだ。

子分は恐怖に顔をゆがめ、慌てて後じさった。逃げたのである。

このとき、佐島も子分のひとりに斬撃を浴びせていた。斬られた子分は、悲鳴を上げて後じさった。そして、佐島との間があくと、後ろに逃げた。

一方、神崎は前に立った子分に、

「どけ！　斬るぞ」

と、声をかけ、一歩踏み込んだ。

長脇差を手にした子分が、

「死ね！」

叫びざま、つっ込んできた。

そして、神崎に迫り、手にした長脇差を袈裟に払った。咄嗟に、神崎は一歩身を引いて長脇差の切っ先をかわし、

イヤアッ！

と、鋭い気合を発しざま、刀身を横に払った。一瞬の太刀捌きである。

神崎の切っ先が、つっ込んできた男の首をとらえた。

次の瞬間、斬られた男の首から血が飛び散った。男は血を撒きながらよろめき、足がとまると、腰から崩れるように倒れた。

これを見た弥左衛門は慌てて後ずさり、神崎との間合があくと、反転して走りだした。逃げたのである。

「逃げるか！」

叫びざま、神崎は弥左衛門を追った。

そのとき、長脇差を手にした弥左衛門の子分が、

「親分、逃げてくれ！」

　と、叫びざま、神崎の前に立ち塞がった。

「どけ！」

　神崎は踏み込みざま、前に立った男に斬りつけた。素早い動きである。袈裟に払った神崎の切っ先が、男の肩から胸にかけて斬り裂いた。男はよろめき、前につんのめるように倒れた。

　このとき、弥左衛門は神崎から十間ほど離れていた。懸命に逃げていく。

「待て、弥左衛門！」

　神崎は、抜き身を手にしたまま弥左衛門を追った。

　だが、別の子分が弥左衛門との間に入り、手にした長脇差の切っ先を神崎にむけた。

「斬るぞ！」

　神崎は刀を振り上げた。

　子分は後ずさりしたが、神崎の前に立って行く手を塞いだ。弥左衛門の後ろ姿が、遠ざかっていく。

　神崎は踏み込みざま、前に立った子分に斬りつけた。素早い太刀捌きである。

神崎の切っ先が、子分の左腕をとらえた。袖が裂け、子分の二の腕から血が流れ出た。子分は恐怖に顔をゆがめて、脇に逃げた。

神崎は弥左衛門の後を追ったが、すぐに足がとまった。弥左衛門の姿は遠ざかり、しかも、弥左衛門の家の近くまで行っている。

……逃げられた！

神崎が、胸の内で声を上げた。

このとき、彦十郎は増田と対峙していた。ふたりは青眼に構えたまま、切っ先を相手の目にむけていた。ふたりとも、隙のない構えである。

すでに、ふたりは斬り合っていた。彦十郎の左袖が裂けていた。増田の切っ先を受けたのだが、血の色はなかった。斬られたのは、小袖だけである。

一方、増田の小袖の脇腹の辺りが横に裂けていた。増田の腹がわずかに見えていたが、増田にも血の色はなかった。やはり、彦十郎の切っ先は、増田の肌までとどかなかったのだ。

増田は弥左衛門が逃げていくのを目にし、

「勝負、預けた！」

と、声を上げて、後じさった。そして、彦十郎との間が開くと、反転して走りだした。逃げたのである。

彦十郎は後を追ったが、増田の逃げ足が速く、追いつかなかった。

「逃げられたか」

彦十郎は足をとめた。

増田の後ろ姿が、遠ざかっていく。増田の前を行く弥左衛門は、家の戸口近くまで来ていた。どうやら、家に逃げ込むらしい。

その場に残った子分たちは、弥左衛門と増田が逃げたのを知ると、それぞれ匕首や長脇差をむけていた相手から身を引き、間があくと反転して逃げ出した。

その場に残ったのは、彦十郎、神崎、河内、佐島、それに稲荷の杜から姿を見せた猪七の姿もあった。

猪七は、弥左衛門や増田が逃げたら跡をつけて行き先をつきとめることになっていたが、ふたりの跡をつける間もなかったのだ。それに、ふたりが、弥左衛門の家に逃げ込んだことは分かっていた。

4

「どうする」

　神崎が、彦十郎に身を寄せて訊いた。

　ふたりのまわりに、河内、佐島、猪七の三人が集まっていた。

「弥左衛門と増田は家に逃げ込んだが、子分たちはすくないはずだ」

　彦十郎が、近くにいる子分たちに目をやって言った。血塗れになって横たわってい る者や呻き声を上げて蹲っている者などが、四、五人いた。弥左衛門の家に逃げ込ん だ子分は、わずかであろう。ただ、家に残っていた子分の数は分からない。

「家に踏み込むか」

　神崎が言った。

　すると、佐島が、

「いまなら、弥左衛門を討ち取れる」

と、語気を強くして言った。

　佐島のそばにいた河内が、

「いま討たねば、弥左衛門は別の場所に身を隠すかもしれん。それに、増田の他にも腕のたつ者を用心棒としてそばにおくはずだ」

と、男たちに目をやって言った。

「よし、弥左衛門を討とう」

彦十郎も、いまを逃すと、弥左衛門を討つのはむずかしくなるとみた。

彦十郎たちは、弥左衛門の家に足をむけた。

弥左衛門の家は、二階建ての大きな家だった。家のまわりに板塀がまわしてあった。出入り口は、木戸門になっていた。門扉は閉じてある。ただ、門扉はちいさく簡素な造りだった。閂（かんぬき）があっても、ふだんは使っていないらしい。押せば、簡単に開きそうだ。

弥左衛門たちは門扉を押してあけ、そのまま家に入ったのだ。

彦十郎たちは門扉の前まで来ると、足をとめた。そして、耳をすませ、家のなかの様子を窺った。

家のなかから、男の昂った声や慌ただしそうに歩く足音などが聞こえた。何人かの子分たちが、動きまわっているらしい。

「踏み込むぞ」

彦十郎が、その場にいる神崎たちに目をやって言った。

神崎たちは、無言でうなずいた。どの顔も、弥左衛門の家を前にして殺気だっている。

彦十郎の脇にいた猪七が、木戸門の門扉を押した。門扉は簡単にあいた。やはり、閂も鍵もついていなかった。おそらく、子分たちがふだん出入りするので、簡単に開くようになっているのだろう。

彦十郎たちは、母屋の戸口に近付いた。板戸が閉めてある。彦十郎たちが踏み込んでこないよう板戸を閉めたのかもしれない。

彦十郎たちは足音を忍ばせて戸口に近寄り、猪七が板戸に手をかけて引いた。

「開かねえ」

猪七は力を入れて、戸を引いたが開かなかった。内側から、猿でも差してあるらしい。

猿は戸締まりのため、戸の框に取り付け、柱や敷居の穴に突き刺してしまりとする木片である。

「おれがやる」

彦十郎は刀を抜いて、板戸の前に立った。

タアッ！

鋭い気合を発し、彦十郎は手にした刀を板戸のなかほどに突き刺した。そして、刀身を横に押すと、バキッと音がして板が割れた。

彦十郎が割れた板戸に手をかけて引くと、板戸の下の部分が折れてとれた。彦十郎は、できた穴に右手を差し入れて、猿を外した。

「猪七、戸を引いてくれ」

彦十郎が声をかけた。

すぐに、猪七は戸に手をかけて引いた。戸は重い音をたてて開いた。

「開いたぞ！」

猪七が、声を上げた。

敷居の先が、土間になっていた。その奥に板間がある。

彦十郎たちは、土間に踏み込んだ。板間には、だれもいなかった。板間の先に立ててある障子の向こうにだれかいるらしく、畳を踏むような足音がした。

「だれだ！　そこにいるのは」

障子の向こうで、男の声がした。

彦十郎は黙したまま、右手を刀の柄に添えた。そばにいた神崎たちも、障子に目をやっている。

障子が開き、遊び人ふうの男が顔を出した。

「鶴亀横丁のやつらが、踏み込んできた！」

男が叫んだ。彦十郎たちのことを知っているようだ。親分の供をして、賭場を行き来していた男かもしれない、
座敷にはもうひとり、長身の男がいた。その男が、「親分に知らせろ！」と叫び、右手にむかった。右手は、廊下になっているらしい。

長身の男は、右手の廊下に飛び出した。親分のところへ、むかうようだ。

彦十郎たちは板間に踏み込み、さらに障子をあけて座敷に入った。

座敷に残った男は、逃げ場を探すように周囲に目をやったが、廊下へ飛び出す間はないとみたらしく、懐に手をつっ込んで匕首を取り出した。

男は血走った目で、前に立った彦十郎を見据え、

「殺してやる！」

と、叫びざま、手にした匕首を前に突き出すように構えて踏み込んできた。

咄嗟に、彦十郎は右手に体を寄せざま刀身を横に払った。切っ先が、男の脇腹をとらえた。

小袖が裂け、露になった男の腹に血の線がはしった。彦十郎の切っ先が、切り裂い

たのだ。浅手だった。肌を薄く切り裂いただけである。

咄嗟に、彦十郎は刀身を峰に返す間がなかったので、手加減をして斬ったのだ。それでも、男は悲鳴を上げてよろめき、座敷の隅まで逃れると、腹を押さえてその場に蹲った。

「動くな！」

彦十郎は切っ先を男の首筋にむけたが、男が青褪めた顔で身を震わせ、抵抗する気配がないのを見て、

「猪七、この男に縄をかけてくれ」

そう声をかけ、右手の廊下にむかった。彦十郎たちの狙いは、親分の弥左衛門と増田である。

彦十郎に、神崎、河内、佐島の三人が後につづいた。

5

彦十郎は、抜き身を手にしたまま廊下に出た。そこは狭い板間になっていて。右手に二階に上がる階段があった。

廊下は奥につづき、突き当たりが台所になっているらしい。流し場や竈(かまど)などが、ぼんやり見えた。人の姿はない。

廊下沿いに、三部屋あるらしい。どの部屋も障子が閉めてあった。ただ、彦十郎のいる場から二つ目の部屋にだれかいるらしく、男の話し声が聞こえた。

「おれが、様子を見てくる。風間どのたちは、ここにいてくれ」

そう言って、神崎はひとり、二つ目の部屋に近付いた。四人全員で行くと、二階に弥左衛門がいた場合、逃げられる恐れがあったからだ。

神崎は足音を忍ばせて二つ目の部屋に近付き、障子に身を寄せてなかの様子を窺っていたが、すぐに踵を返してもどってきた。

「あの部屋にいるのは、子分だけだ」

神崎によると、部屋のなかから子分らしい男のやり取りが聞こえたという。

「すると、弥左衛門がいるのは、二階か」

彦十郎が言った。

「増田も、二階にいるとみていいな」

神崎が、子分たちのいる部屋に増田はいなかったようだ、と言い添えた。

「二階に行ってみよう」

彦十郎が言うと、その場にいた神崎たちがうなずいた。

彦十郎たちは、二階に上がる階段へ足をむけた。

二階にいるであろう増田と弥左衛門に逃げられないよう、彦十郎たちは足早に階段を上がった。

階段を上がって二階に出ると、左手に部屋があるらしく障子が立ててあった。二階にも一階と同じように三部屋あった。奥の部屋は別の造りになっているのか、そこだけ襖になっていた。

彦十郎が先にたち、廊下に踏み込んだ。神崎、河内、佐島の三人が、後につづいた。

ひとつ目の部屋の前まで来ると、障子越しに男の声が聞こえた。何人かが、声をひそめて話している。子分たちではあるまいか。

彦十郎は足をとめ、背後にいる神崎たちに、「あけるぞ」と声には出さず、口の動きと手振りで知らせて障子をあけた。

部屋のなかに、男が三人いた。座敷に胡座をかいて、何やら話していたらしい。三人は、彦十郎たちの姿を目にすると、

「鶴亀横丁のやつらだ！」

大柄な男が叫び、慌てて立ち上がった。

他のふたりも立ち、すぐに懐から匕首を取り出した。大柄な男は、座敷の隅に置いてあった長脇差を手にした。

彦十郎、神崎、河内の三人が座敷に踏み込み、佐島は廊下に残った。佐島が残ったのは、他の部屋にいるであろう増田や弥左衛門の動きを見るためである。

彦十郎は座敷に入ると、手にした刀を峰に返した。殺すまでもない、と思い、峰打ちにするつもりだった。神崎と河内も、刀を峰に返している。

座敷にいた男たちは、踏み込んできた彦十郎たちを見て、後じさった。だが、すぐに窓際に近付き、それ以上、下がれなくなった。

彦十郎の前に立った大柄な男が、

「死ね！」

叫びざま、匕首を顎の下に構えて、踏み込んできた。追い詰められ、捨て身の攻撃に出たのである。

彦十郎は素早い動きで、右手に体を寄せざま刀身を横に払った。

男の匕首は、彦十郎の左袖をかすめて空を切り、彦十郎の刀身は男の腹を強打した。男はよろめき、足がとまると、腰から崩れるように倒れた。男は腹を押さえて、呻き声を上げている。

座敷にいたもうひとりの顔の浅黒い男は、大柄な男が倒れたのを見て、部屋の隅に逃げた。

「逃がさぬ！」

神崎が、男の前に踏み込んだ。

男は、隣の部屋との境に立ててあった襖に背をむけ、部屋の隅を通って廊下へ逃げようとした。

神崎は男に近付くなり、刀身を横に払った。素早い太刀捌きである。

峰打ちが、男の脇腹をとらえた。

男は脇腹を押さえて、その場にへたり込んだ。苦しげな呻き声を漏らしている。

座敷には、もうひとりいたが、ふたりの仲間が峰打ちで仕留められるのを見て、

「み、見逃してくれ……」

と言って、後じさった。

彦十郎は、峰打ちを浴びせるまでもないと思い、廊下にいる佐島とともに男たちを後ろ手に縛って、次の部屋にむかった。

「だれも、いないようだ」

彦十郎が、声をひそめて言った。隣の部屋は、ひっそりとして人のいる気配がなかった。

彦十郎のそばにいた神崎が、障子をあけた。部屋のなかに、人の姿はなかった。座敷の隅に、座布団と煙草盆が置いてある。いっとき前まで部屋にだれかいたらしく、温かさが残っていた。

彦十郎は部屋に入って、座布団を手で触れてみた。かすかな温みがある。

「この部屋の主は、出たばかりだ」

彦十郎は、この部屋にいたのは、増田ではないかと思った。

「隣の部屋に、いるのではないか」

神崎が声をひそめて言った。

「そうみていいな」

彦十郎が小声で言った。

脇にいた河内と佐島が、無言でうなずいた。ふたりの目は、奥の部屋にむけられている。

彦十郎たちは、廊下に出た。隣の部屋との間の襖は閉まっていたが、かすかに物音がした。人のいる気配がする。

「隣に行くぞ」

彦十郎が声をひそめて言った。

神崎たち三人が、無言でうなずいた。

彦十郎たち四人は、足音を忍ばせて隣の部屋に近付いた。

6

彦十郎たちは襖の前に立つと、聞き耳をたてた。

……だれかいる！

彦十郎は、衣擦れの音を耳にした。かすかな足音もする。ひとりではないようだ。何人かいるらしい。

神崎たちも部屋のなかの物音を耳にしたらしく、彦十郎と顔を合わせると無言でうなずいた。

「あけるぞ」

彦十郎は神崎たちだけに聞こえる声で言い、襖をあけた。

座敷に、三人の姿があった。弥左衛門と増田、それに年増だった。年増は、弥左衛門の女房かもしれない。

「お、おまえさん、この男たちは」

年増が、声を震わせて弥左衛門に訊いた。

「おれを、尾けまわしている犬だ」

弥左衛門が、吐き捨てるように言った。

増田は弥左衛門の脇に立ち、彦十郎たちを睨むように見据えている。

「観念しろ！　弥左衛門」

彦十郎が声高に言った。

弥左衛門は目をつり上げ、

「殺してやる！」

と、声を上げ、部屋の神棚のそばに行き、腕を伸ばした。そして、匕首を手にした。用心のために、置いてあったらしい。

「お、おまえさん！」

年増が、弥左衛門の小袖の袂をつかんで声を上げた。

「おしま、座敷の隅に行け！」

弥左衛門が怒鳴った。

おしまは身を顫わせて身を引き、部屋の奥の襖を背にして立った。恐怖のために、顔から血の気がうせている。

増田は素早く動き、座敷の隅に置いてあった大刀を手にした。そして抜き放つと、鞘をその場に捨てた。

「増田、おれが相手だ」

彦十郎が、増田の前に立った。

彦十郎も刀を抜き、切っ先を増田にむけた。

ふたりの間合は、二間ほどしかなかった。部屋のなかは狭く、間合が広くとれないのだ。ふたりとも青眼に構えている。

一方、河内と佐島は、襖を背にして立っていた。彦十郎と神崎の戦いの様子を見て、助太刀するとともに、弥左衛門と増田の逃げ道を塞ぐためである。

神崎は弥左衛門の前に立ち、抜刀して切っ先をむけた。弥左衛門は、匕首を手にして身構えたが、顔が強張り、体が顫えている。

「弥左衛門、観念しろ！」

神崎が言った。

「おまえたちが、おれを追い回すのは、何のためだ」

弥左衛門が訊いた。

「横丁を守るためだ」

神崎は、ここにいる仲間は、同じ思いだ、と言い添えた。

「よ、横丁から、手を引いてもいいぞ」

弥左衛門が、声を震わせて言った。追い詰められ、何とか彦十郎たちの手から逃れようとしているらしい。

「遅い！」

神崎が、語気を強くして言った。

「か、金か。金なら、いくらでもやるぞ」

弥左衛門が、後じさりながら言った。

「金などいらぬ」

神崎は、さらに弥左衛門との間合をつめた。

そのときだった。弥左衛門は、脇にいたおしまの背後にまわった。おしまを盾にするつもりらしい。

神崎の寄り身がとまり、構えていた刀を下ろした。そして、神崎はおしまの脇へまわろうとした。

　これを見た弥左衛門は、おしまの背後から飛び出し、襖をあけて廊下へ飛び出した。素早い動きである。

　襖のそばにいた河内と佐島は、思いもしなかった弥左衛門の動きに目を奪われ、一瞬反応が遅れた。

　それでも、すぐに背後の襖をあけて廊下に出た。

「待て！」

　神崎が声を上げ、弥左衛門の出た場所から廊下に飛び出した。

　弥左衛門は、廊下を逃げていく。

　このとき、彦十郎は増田と対峙していた。

　彦十郎は目の端で、弥左衛門が座敷から逃げ出すのを目にしたが、その場から動かなかった。何としても、増田を討ちたかったのである。

「逃がさぬ！」

　彦十郎は、青眼に構えたまま増田との間合をつめた。

　増田は、彦十郎に切っ先をむけたまま廊下側に背をむけた。すぐ近くの襖があいたままになっていた。弥左衛門が飛び出した場所である。

……逃げる気か！

彦十郎は胸の内で思い、さらに増田との間合をつめた。

すぐに、増田は後じさり、彦十郎との間合はつまらなかった。

「増田、逃げても無駄だぞ。廊下には、神崎たちがいる」

彦十郎が言った。

そのときだった。増田は素早い動きで身を引き、彦十郎との間合があくと、廊下に飛び出した。

7

「待て！」

彦十郎も、すぐに廊下へ出た。

だが、増田の姿がなかった。廊下の先に、神崎たちの姿があった。だが、増田は見当たらない。

神崎たちは、弥左衛門を取り囲んでいた。弥左衛門は抵抗しているようだが、逃げられないだろう。

神崎、河内、佐島の三人で、弥左衛門を取り囲んでいたのだ。

そのとき、彦十郎は隣の増田の部屋の障子が一尺ほど開いたままになっているのを目にとめた。

彦十郎は、増田の部屋へ飛び込んだ。だが、増田の姿はなかった。人が隠れている気配もない。

……そこか！

部屋の奥の障子が一枚、すこしだけ開いていた。

彦十郎は障子をさらにあけ、外を見た。

窓に連子格子（れんじごうし）があり、そこに紐が結んであった。

……あそこだ！

彦十郎は、増田の後ろ姿を目にした。

増田は、無腰のまま逃げていく。増田は連子格子に結んだ紐を伝って地面に降りたのだ。家の裏手にある小径（こみち）をたどり、別の通りに行くつもりらしい。

彦十郎は、その場から動かなかった。連子格子に結んである紐をたどって地面に下り、増田の後を追っても追いつきそうもない。

いっとき、彦十郎は増田の後ろ姿に目をやっていたが、その姿が小径沿いの家の陰にまわると、その場を離れた。

彦十郎は手にした刀を鞘に納めると、神崎たちに近付いた。

神崎が彦十郎に目をやり、

「増田はどうした」

と、訊いた。その場にいた河内、佐島も彦十郎に目をむけた。

「逃げられたよ」

そう言って、彦十郎は増田に逃げられた顛末をかいつまんで話した。

「増田は、おれたちに襲われたときの逃げ道まで考えていたらしい」

神崎が言うと、

「この男に、訊いてみるか」

佐島が弥左衛門に目をやり、

「増田は、どこに逃げたのだ」

と、語気を強くして訊いた。

「し、知らぬ」

弥左衛門は、顔をしかめて言った。

「隠すことはあるまい。増田は、親分のおまえを見捨てて逃げたのだぞ」

佐島はそう言い、

「増田はどこに逃げた」

と、語気を強くして訊いた。

「おそらく、情婦のところだ」

弥左衛門が、顔をしかめて言った。

「情婦の居所は」

すぐに、佐島が訊いた。

「小料理屋の近くと聞いたが……」

「宮川の情婦が、女将をしている小料理屋か」

弥左衛門は、語尾を濁した。

彦十郎が、佐島に代わって訊いた。

「そうらしい」

「情婦の名は」

「知らぬ。あの男、情婦のことはあまり口にしなかったのだ」

「そうか」

彦十郎は、弥左衛門が隠しているとは思わなかったので、それ以上訊かなかった。その場にいた神崎たちも、黙っている。

「おれを、どうする気だ」

弥左衛門が、彦十郎たちに目をやって訊いた。

「この場で、首を刎ねてもいいが……」

彦十郎がつぶやくと、

「よ、よせ。おまえたちの言うとおりにするから、この場から逃がしてくれ」

弥左衛門が、声を震わせて言った。

「逃がせだと。おまえを逃がせば、何をやるか分からん。……そうかといって、首を刎ねる気にもなれん」

彦十郎は、捕らえた子分たちといっしょに、弥左衛門を町方に引き渡そうと思った。賭場をひらいているだけでも、相応の罰を受けるだろう。いずれにしろ、弥左衛門が、鶴亀横丁に手を出すことはないはずだ。

そのとき、廊下を歩く足音がし、障子が開いた。顔を出したのは猪七である。

猪七は、彦十郎たちに取り囲まれている弥左衛門を目にし、

「親分を摑まえやしたね」

と言って、弥左衛門のそばに来た。

「猪七、子分たちはどうした」

彦十郎が訊いた。

「縄をかけてありまさァ」

「そうか。……猪七、弥左衛門にも縄をかけてくれ」

彦十郎が言った。

「任せてくだせえ。親分用に、すこしだけ縄をとっておきやした」

猪七はそう言うと、懐から残した捕縄を取り出し、弥左衛門の両腕を後ろにとって縛った。体全体を縛るだけの縄は、残っていないらしい。

「縄が足りねえ。どこかに、ありやすかね」

猪七が、その場にいた男たちに目をやって言った。

「猪七、それで十分だ。……この男は、おれたちが連れていくつもりだ。逃がすようなことはない」

彦十郎はそう言った後、

「帰りがけに大番屋に立ち寄って話してもいいのだが、猪七、八丁堀の同心に知り合いがいるか。できれば、弥左衛門や子分たちを引き渡したい」

と、猪七に目をやって訊いた。

「あっしが若えころ、お仕えした旦那がいやす。十手を返した後、会ってねえが、あっしのことは覚えているはずでさァ」

猪七が胸を張って言った。

「都合がいいな。その八丁堀の同心が立ち寄る大番屋は、分かっているか」

「分かっていやす」

「よし、八丁堀の同心が立ち寄る前に、捕らえた子分や弥左衛門を大番屋に連れていこう」

彦十郎は、八丁堀の同心なら弥左衛門や子分を吟味し、他の子分の捕縛や賭場の始末もするだろうと思った。

第六章　決戦

1

彦十郎は、階段を上ってくる足音で目を覚ました。お春らしい。彦十郎は、足音でお春と分かるのだ。

彦十郎は、障子に目をやった。だいぶ、明るくなっている。五ツ（午前八時）ごろではあるまいか。

どうやら、お春は陽が高くなっても彦十郎が起きてこないので、迎えに来たらしい。

彦十郎は体にかけていた掻巻を撥ね除けて立ち上がると、小袖の裾を叩いて伸ばし、胸がむき出しになっていた襟元を直した。昨夜、遅くまで飲み、面倒なので、小袖のまま寝てしまったのだ。

足音は障子の向こうでとまり、

「風間さま、風間さま」

と、お春の声がした。

「お春、何か用か」

彦十郎は、座敷に置かれていた掻巻を慌てて部屋の隅に押しやった。

「あけてもいい」

お春が訊いた。

「いいぞ」

彦十郎が言うと、すぐに障子があいた。

お春は、戸口に立ったまま部屋のなかに目をやり、

「起きたばかりなの」

と、訊いた。

「いや、だいぶ前に起きたのだがな。部屋の片付けをしていたのだ」

彦十郎が、照れたような顔をして言った。

「それにしては、片付いてないみたい。掻巻は部屋の隅に押しつけてあるし、着物は

散らばってるし……」

お春は、部屋のなかを見ながら言った。

「お春、何の用だ」

彦十郎が、声を改めて訊いた。お春は、部屋の様子を見にきたのではないはずだ。

「下に、神崎さまと猪七さんが、見えてるの。……それで、呼びにきたわけ」

「分かった。すぐ、行く」

彦十郎は、部屋の隅に置いてあった大刀だけを手にして部屋から出た。そして、先に階段を降り始めたお春につづいた。

お春は帳場の近くまで来ると、

「みんなが、待ってるわ」

そう言って、彦十郎をその場に残して、奥にむかった。

帳場に、平兵衛、神崎、猪七の姿があった。三人で何か話している。

彦十郎が帳場に入っていくと、

「旦那、御目覚めですかい」

と、猪七が薄笑いを浮かべて訊いた。

「い、いや、だいぶ前に目を覚ましたのだが、考えごとをしていてな。いまになってしまったのだ」

彦十郎が、照れたような顔をして言った。

「そうでしたか。風間さま、ともかくここに腰を下ろしてください。すぐに、おしげが茶を淹れてくるはずですから」

平兵衛が、笑みを浮かべて言った。

彦十郎は帳場に腰を落ち着けると、

「ところで、朝から何の用だ」

そう言って、神崎と猪七に目をやった。

「増田のことでさァ」

猪七が、顔の笑いを消して言った。

「居所が知れたか」

彦十郎が身を乗り出して訊いた。

彦十郎たちが弥左衛門の家に踏み込み、弥左衛門や子分たちを捕らえて五日が経っていた。この間、彦十郎は神崎や猪七といっしょに、何度か阿部川町に出かけて、増田の居所を探ったが、つかめなかったのだ。

「増田の姿を見掛けたやつから、話を聞いたんですがね。居所は、分からねえんで」

猪七が言うと、神崎がうなずいた。

「今日も、阿部川町に行くのか」

彦十郎が訊いた。

「そのつもりだが、風間も行くか」

神崎が訊いた。

どうやら、猪七と神崎は彦十郎も阿部川町に連れていくつもりで、増富屋に立ち寄ったらしい。

「おれも行くつもりだが、朝飯がまだなんだ」

彦十郎が照れたような顔をして言った。

「待ってますよ」

猪七が、薄笑いを浮かべた。

神崎と平兵衛は顔を見合わせたが、笑みを浮かべただけで何も言わなかった。

「ふたりで、先に行ってもいいぞ」

彦十郎が言った。

「いや、待ってる」

神崎が、言った。

彦十郎と神崎たちがそんなやり取りをしていると、おしげが握りめしを皿に載せて持ってきた。切ったたくわんが、握りめしに添えてある。いっしょに来たお春が、湯飲みを手にしていた。茶を淹れてくれたらしい。

「すまんな、いつも手間を取らせて」

彦十郎が、おしげとお春に目をやって言った。

「気にしなくていいんですよ。手間は、かからないんですから」

おしげは、「何かあったら、声をかけてください」と平兵衛に言って、お春とふたりで、奥の座敷にもどった。その場にとどまると、男たちの話の邪魔になると思ったらしい。

「いただくぞ」

彦十郎が、握りめしに手を伸ばした。

それから半刻（一時間）ほど経った。彦十郎は握りめしを食べ終え、茶を飲んで一息ついた。

「さて、出かけるか」

彦十郎が、神崎と猪七に声をかけた。

2

彦十郎、神崎、猪七の三人は、鶴亀横丁を出て阿部川町にむかった。

彦十郎は新堀川沿いの道を南にむかい、阿部川町に入って間もなく、

「猪七が訊いた男は、どの辺りで、増田の姿を見掛けたのだ」

と、猪七に訊いた。

「小料理屋の近くでさァ」

「宮川の情婦の店か」

彦十郎たちは、小料理屋に姿を見せた宮川を外に呼び出して、討ち取ったことがあったのだ。

「そうでさァ」

「小料理屋は、まだひらいているようだが、増田も出入りしていたのかもしれんな」

彦十郎は、小料理屋の近くで聞き込みにあたれば、増田の隠れ家がつかめるかもしれないと思った。

増田にも情婦がいると聞いていたが、小料理屋にも飲みにきていたのだろう。

彦十郎たちはそんなやり取りをしながら歩き、前方に小料理屋が見えるところまで来て足をとめた。

「店は、ひらいているようだ」

彦十郎が言った。店先に、暖簾が出ている。

「店に、踏み込みやすか」

猪七が意気込んで言った。

「待て、様子を探ってからだ」

彦十郎は、下手に店に踏み込んで、増田がいなければ、居所を手繰る糸が切れてしまうと思った。

「あっしが、様子を見てきやす」

猪七が言った。

「店の者に、気付かれるなよ」

「任せてくだせえ」

猪七は彦十郎と神崎をその場に残し、小料理屋にむかった。

彦十郎と神崎は、通りかかった者に不審を抱かせないように、路傍で枝葉を茂らせていた樫の樹陰にまわった。

猪七は通行人を装って小料理屋の前まで行くと、すこし歩調を緩めただけで、通り過ぎた。

猪七が小料理屋の前を通り過ぎて、すぐだった。店の格子戸があいて、遊び人ふうの男がひとり姿を見せた。男は、猪七と同じ方向に歩いていく。ただ、男は前を歩いている猪七の跡をつけている様子はなかった。猪七が小料理屋を探っていたことは、知らないらしい。

猪七はいっとき歩いた後、路傍に身を寄せた。そして、男が近付くのを待って何やら声をかけた。そして、ふたりで話しながら歩いていく。

猪七は小料理屋から一町ほど離れたところで、路傍に足をとめた。男はそのまま歩いていく。

猪七は男が離れると、踵を返して彦十郎たちのいる場にもどってきた。

「何か知れたか」

すぐに、彦十郎が訊いた。

「へい、増田のことが知れやした。……増田は、小料理屋に来ることがあるようです」

猪七が、目を光らせて言った。

「それで」

彦十郎は身を乗り出した。

神崎も、猪七に目をむけて次の言葉を待っている。

「増田は阿部川町に住んでやしてね。……陽が沈むころ、小料理屋に姿を見せ、一刻（二時間）ほど飲んで、帰ることが多いそうでさァ」

猪七が言った。

「陽が沈むころか」

彦十郎は、上空に目をやった。

陽はまだ高かった。陽が沈むまで、だいぶ時間がある。

「どうする」

神崎が訊いた。

「横丁に帰って、出直すのは面倒だし……。どうだ、そば屋か飲み屋にでも立ち寄って、一杯やりながら待つか」

彦十郎が、神崎と猪七に目をやって言った。

「そうしやしょう」

猪七が身を乗り出した。

彦十郎たちは来た道を引き返し、道沿いにあったそば屋に立ち寄った。店内は空いていた。土間に置かれた飯台で、職人ふうの男がふたり蕎麦を手繰っていたが、小上がりに客はいなかった。

彦十郎たちは小上がりに腰を下ろし、注文を訊きにきた小女に酒を頼んだ。ゆっくり飲んでから、蕎麦で腹拵えをしようと思ったのだ。

彦十郎たちは、時間をかけて酒を飲んだ。そして、陽が西の空にまわったころ、蕎麦を頼んだ。

蕎麦を食べ終え、金を払ってそば屋を出ると、陽は西の家並の向こうに沈んでいた。家の軒下や樹陰には、夕闇が忍び寄っている。

「小料理屋に行くぞ」

彦十郎が、神崎と猪七に目をやって言った。

小料理屋から、淡い灯が洩れている。彦十郎たちは通行人を装い、すこし間をとって歩いた。

彦十郎は小料理屋の前まで行くと、歩調を緩めて聞き耳をたてた。店のなかから人声が聞こえた。

……いる！

彦十郎は、男の声を耳にした。くぐもった声で、はっきりしないが、聞き覚えのある増田の声である。

彦十郎は、小料理屋から半町ほど歩いたところで足をとめた。神崎と猪七が、足早に近付いてくる。

猪七は彦十郎のそばに来るなり、

「増田がいやした！」

と、昂った声で言った。

神崎も、うなずいた。おそらく、ふたりは増田の声を耳にしたのだろう。

3

「店に、踏み込みやすか」

猪七が、意気込んで言った。

「店のなかには、他の客もいたな」

彦十郎は、念を押すように訊いた。

「いやした」

「客のいる狭い店のなかで斬り合うと、思わぬ不覚をとることがある」

彦十郎は、増田を店の外に呼び出して討ちたかった。

「店から出てくるのを待つか」

神崎が、西の空に目をやって言った。

「いや、暗くなる」

彦十郎が言った。

すでに、陽は沈み、辺りは淡い夕闇につつまれていた。店のなかにいる者に灯を消されると、店内は真っ暗になるだろう。

「外に、呼び出すしかないな」

神崎が、念を押すように言った。

「あっしが、呼び出しやす」

猪七が、身を乗り出した。

「猪七に頼む」

彦十郎は猪七がうまく増田を呼び出せなかったら、店に踏み込もうと思った。それしか手はない。

彦十郎たち三人は、小料理屋にむかった。そして、彦十郎と神崎は店からすこし離れたところで足をとめた。

彦十郎と神崎は、道沿いにあった下駄屋の脇に身を隠した。そこで、増田を待つのである。

「増田を呼び出しやす」

そう言い残し、猪七はひとり小料理屋にむかった。


猪七は、格子戸の前に立って耳をすませた。店のなかから客と思われる男の声が聞こえた。物言いから、職人らしいことが知れた。武家言葉は、聞こえない。

猪七は、格子戸をあけた。なかは薄暗かった。土間に置かれた飯台に職人ふうの男がふたり、酒を飲んでいた。話し声が聞こえたのは、このふたりらしい。

土間の先の小上がりに、武士の姿があった。増田である。増田の脇に年増が座し、徳利を手にしていた。女将らしい。

女将は、増田に酒をついでやっている。武家の言葉が聞こえなかったのは、増田が黙っていたからだろう。

増田は猪口を手にしたまま、店に入ってきた猪七を見たが、何も言わなかった。増田は猪七を見掛けたことはあるはずだが、店内は薄暗く、しかも町人がひとりで入ってきたので、ただの客と思ったようだ。

「増田の旦那ですかい」

猪七が、声をかけた。

増田は、猪口を手にしたまま猪七に目をむけた。

「そうだが、何か用か」

増田は、不審そうな目をした。

「あっしの兄いに、増田の旦那が店にいるので、呼んでくるように言われたんでさァ」

猪七が言った。

「おまえの兄貴分は、だれだ」

増田が、猪口を膝先に置いて訊いた。

「弥左衛門の旦那のそばにいた彦次で」

猪七は、咄嗟に彦十郎から彦次の名を浮かべたのだ。

「彦次な……」

増田は首を捻り、「彦次を、ここに連れてこい」と言った。

女将は増田から、そっと身を引いた。男のやり取りに、口を挟みたくなかったのだろう。

「それが、駄目なんでさァ」

「何が駄目なのだ」

「彦次兄いは、人目に触れないように増田の旦那に会って、渡してえ物があると言ってやした」

「何を渡すのだ」

増田が訊いた。

「あっしには、分からねえが、親分から預かっている物だと言ってやした」

「彦次という男は、近くにいるのか」

増田は、猪七の話を信じたらしい。

「へい、店の脇にいやす」

「行ってみよう」

増田は、傍らに置いてあった刀を手にして立ち上がった。

猪七は先に店から出ると、彦十郎たちが身を潜めている方に足をむけた。増田は店の戸口に足をとめて左右に目をやり、近くにだれもいないのを確かめてから、猪七の後についてきた。

猪七は彦十郎たちのいる場を通り過ぎると、小走りになって増田から離れた。猪七の役目は、終わったのである。

増田は足をとめ、戸惑うような顔をした。いきなり、猪七が足を速めて増田から離れたからだ。

そこへ、下駄屋の脇から彦十郎と神崎が走り出た。彦十郎が増田の前に、神崎が背後にまわり込んだ。

増田は、ギョッとしたような顔をし、

「騙し討ちか！」

と、叫んだ。目がつり上がっている。

彦十郎が増田と対峙し、

「今日は、逃がさぬ！」

と、増田を見据えて言った。

背後にまわった神崎は、増田と三間ほどの間合をとっている。この場は、彦十郎に任せるつもりなのだ。

「おのれ！」

叫びざま、増田が刀を抜いた。

「増田、観念しろ」

彦十郎も抜刀した。

近くを通りかかった者たちは、刀を手にして立っている三人の武士を見て、慌てて逃げ散った。

4

彦十郎と増田の間合は、およそ二間半――。

増田は八相に構えた。対する彦十郎は青眼である。ふたりの刀身が、淡い夜陰のなかで青白く光っている。

……なかなかの遣い手だ。

と、彦十郎は思った。

増田の八相の構えには、隙がなかった。上から覆いかぶさってくるような迫力がある。それに、何人もの敵を斬った者が待つ凄(すご)みがあった。

増田も、驚いたような顔をした。彦十郎の構えには、隙がないだけではなかった。切っ先が眼前に迫ってくるような威圧感があったのだ。

「できるな」

増田が、彦十郎を見据えて言った。

「おぬしもな」

彦十郎は迂闊に仕掛けたら、斬られると思った。

ふたりは、八相と青眼に構えたまま、いっとき気魄で攻め合っていたが、増田が先をとった。

「いくぞ！」

と、増田が声をかけ、足裏を摺るようにして、ジリジリと間合を狭めてきた。隙のない構えである。

対する彦十郎は、青眼に構えたまま動かなかった。気を静めて、増田との間合と斬撃の気配を読んでいる。

……斬撃の間境まで、あと半間──。

彦十郎がそう読んだとき、ふいに増田の寄り身がとまった。このまま、間合をつめると彦十郎の斬撃を浴びる、とみたらしい。

増田は気勢を漲らせ、斬撃の気配を見せたまま、ツッ、と左足を前に出した。斬り込むと見せた誘いである。

だが、彦十郎は増田の誘いに反応しなかった。そればかりか、青眼に構えた剣尖を下げて、隙を見せたのだ。

次の瞬間、増田の全身に斬撃の気がはしった。裂帛の気合と同時に、増田が斬り込んできた。

踏み込みざま、八相から袈裟へ――。

刹那（せつな）、彦十郎の体が躍り、閃光がはしった。

袈裟へ――。

袈裟と袈裟。ふたりの刀身が合致し、青火が散った。次の瞬間、ふたりは弾き合うように背後に身を引きざま、二の太刀をふるった。

増田は刀身を横に払い、彦十郎は増田の籠手（こて）を狙って、突き込むように切っ先で斬りつけた。

増田の切っ先は、彦十郎の二の腕辺りをかすめて空を切り、彦十郎の切っ先は増田の右の前腕をとらえた。

ふたりは大きく間合をとり、あらためて八相と青眼に構え合った。

八相に構えた増田の右の前腕から、血が赤い筋を引いて流れ落ちた。

増田は苦痛に顔をしかめた。八相に構えた刀身が、小刻みに震えている。

「増田、刀を引け！　勝負あったぞ」

彦十郎が声をかけた。

「まだだ！」

叫びざま、増田が踏み込んできた。捨て身の攻撃といっていい。

牽制（けんせい）も、気攻めもなかった。

増田は八相に構えたまま、足裏を摺るようにして彦十郎との間合をつめ、

「死ね！」

叫び、斬り込んできた。

八相から真っ向へ——。

体ごとつっ込んでくるような斬撃だった。

だが、この斬撃を読んでいた彦十郎は、右手に体を寄せざま刀身を袈裟に払った。

増田の切っ先は空を切り、彦十郎の切っ先は、増田の首をとらえた。

次の瞬間、増田の首から血が赤い帯のようにはしった。彦十郎の切っ先が、増田の首の血管（ちくだ）を切ったのだ。

増田は血を撒きながらよろめき、足が止まると腰から崩れるように倒れた。

地面に俯せに倒れた増田は、悲鳴も呻き声も漏らさなかった。立ち上がろうとする

動きもない。即死といってもよかった。増田の首から流れ出た血が、赤い布を広げていくように地面を染めていく。

彦十郎は、血刀を引っ提げたまま、倒れている増田のそばに立った。そこへ、神崎と猪七が走り寄った。

猪七は血塗れになって息絶えている増田に目をやり、

「風間の旦那は、強えや」

と、感嘆の声を上げた。

神崎も息を呑んで、増田の死体に目をやっている。

彦十郎は、刀身に血振りをくれてから鞘に納めた。血振りは、刀身を振って血を振り払うことである。

「どうする、増田は」

神崎が訊いた。

「死んだ男に、罪はない。……小料理屋の脇まで運んでやるか」

彦十郎は、小料理屋の女将が、増田の情婦に知らせ、死体を始末するのではないかと思った。

「そうしやしょう」

猪七が言った。

彦十郎、神崎、猪七の三人は、増田の死体を小料理屋の脇まで運んだ。小料理屋から、かすかに人声や物音が聞こえたが、姿を見せる者はいなかった。巻き添えを食いたくないと思い、店から出てこないのかもしれない。

「後は、店の者に任せよう」

そう言って、彦十郎は店先から離れた。

神崎と猪七も、彦十郎につづいた。小料理屋から洩れる灯が、ぼんやりと戸口を照らしている。

5

彦十郎が増富屋の二階の部屋で着替えていると、階段を上がってくる足音がした。足音は障子の向こうでとまり、

「風間さま、みなさんがお待ちですよ」

と、おしげの声がした。

お春でなく、おしげが迎えにきた。お春は、台所にでもいるのかもしれない。今日

は、神崎や河内たちが増富屋に来ることになっていたのだ。

「すぐ、行く」

彦十郎は、小袖の帯を締め終えると、廊下に出た。

「みんな、来ているのか」

彦十郎が訊いた。

「佐島さまは、まだです」

おしげが、階段にむかいながら言った。

「まだ、四ツ（午前十時）ごろだからな」

陽は高かったが、昼までには間がある。

「お春はどうした」

彦十郎は、おしげにつづいて階段を下りながら訊いた。

「台所を手伝ってくれてるんです」

おしげが、振り返って言った。

「お春も、おしげの手伝いができるようになったか」

「まだ、子供ですよ」

おしげは、笑みを浮かべた。

彦十郎はおしげにつづいて階段を下り、増富屋の帳場の奥の座敷にむかった。今日は人数が多いので、帳場でなく奥の座敷に集まることになっていたのだ。

おしげは、奥の座敷の前まで来ると、

「風間さまにも、お茶を淹れますね」

そう言って、台所にむかった。

彦十郎が奥の座敷の障子をあけると、集まっている男たちの姿が見えた。平兵衛、猪七、神崎、河内の四人である。おしげが口にしたとおり、佐島の姿はなかった。

彦十郎たちが増田を討ち取って、十日過ぎていた。鶴亀横丁は弥左衛門の難を逃れ、これまでどおり、横丁の住人たちが心配なく暮らせるようになった。

三日前、平兵衛が彦十郎に、

「これも、みなさんの御陰です。お礼に、近くの料理屋で御馳走したいので、その前に増富屋に集まってもらえませんか」

そう言って、集まることになったのだ。

平兵衛自身にも、難を逃れた安堵の気持ちがあるようだ。みなさんと言っても、彦十郎、猪七、神崎、河内、佐島の五人だけである。

彦十郎が平兵衛につづいて座敷に入ると、猪七たち三人が、笑みを浮かべて迎えてくれた。

彦十郎が座敷に腰を落ち着けて間もなく、店の表の腰高障子の開く音がした。

「佐島さまかもしれません」

そう言って、平兵衛が立ち上がった。

平兵衛が座敷から出ると、すぐに戸口近くで佐島の声がした。佐島は平兵衛につづいて、座敷に入って来ると、

「すまぬ。遅れてしまった」

そう言って、座敷の隅に腰を下ろした。

「いま、茶を淹れますから、一休みしたら出かけましょう」

平兵衛が、座敷にいる男たちに目をやって言った。

佐島が座敷に腰を下ろしていっときすると、おしげとお春が、姿を見せた。おしげが、湯飲みを載せた盆を手にしていた。

盆には、座敷にいる六人分の湯飲みが載っていた。前から座敷にいた平兵衛たちにも、新たに茶を淹れてくれたらしい。

おしげは男たちの膝先に湯飲みを置くと、

「何かあったら、声をかけて。奥にいるから」

平兵衛にそう言って、お春とふたりで座敷を後にした。男たちの話にくわわるつもりはなかったらしいが、座ろうにも、おしげとお春の座る場がなかったのだ。

平兵衛は、男たちが茶を飲むのを待ってから、

「並木町の岡崎屋を御存知ですか」

と、訊いた。

並木町は、浅草寺の門前通り沿いに広がっており、料理屋、料理茶屋、それに女郎屋などがあることで知られた繁華な地だった。

「料理屋だな」

彦十郎が言った。店の名とある場所は知っていたが、まだ岡崎屋に入ったことはなかった。

「そうです。岡崎屋に、八ツ（午後二時）ごろ行くと話してあるんです」

平兵衛が言った。

「おしげと、お春は」

彦十郎が訊いた。

「ふたりには、留守番を頼んであります」

平兵衛は、そう言った後、「帰りに土産を買ってくる、と約束してあるんです」と

照れたような顔をして言い添えた。

「平兵衛に任せるよ」

彦十郎は、素っ気なく言った。平兵衛の家族のことに、口を挟む気はなかった。

彦十郎たちは茶を飲みながら、いっとき話した後、

「まだ、八ツには、早いが、出かけないか」

彦十郎が言った。

「どうです。途中、浅草寺に寄って、お参りをしますか」

平兵衛が、男たちに目をやった。

「お参りな」

彦十郎が、気のない声で言った。

「平兵衛、おしげとお春に、何か土産でも買ってやりたいのではないか」

そう言って、河内が茶化すと、

「みなさんも、楊枝(ようじ)でも買ったらどうです」

平兵衛が、笑みを浮かべて言った。

浅草寺の参道は、楊枝を売る床店が並んでいることで、知られていた。どの床店でも、美しい若い娘が店番をしている。その娘にひかれて、楊枝を買う男も多いとい

う。

「おれは、楊枝より酒がいい」

彦十郎が声高に言って、手にした湯飲みをかたむけた。

了

本書は文庫書下ろし作品です。

|著者| 鳥羽 亮　1946年生まれ。埼玉大学教育学部卒業。'90年『剣の道殺人事件』で第36回江戸川乱歩賞を受賞。著書に「はぐれ長屋の用心棒」シリーズ、「剣客旗本奮闘記」シリーズ、「はみだし御庭番無頼旅」シリーズ、「剣客同心親子舟」シリーズのほか、『警視庁捜査一課南平班』、『疾風剣谺返し』『修羅剣雷斬り』『狼虎血闘』の「深川狼虎伝」シリーズ、『御隠居剣法』『ねむり鬼剣』『霞隠れの女』『のっとり奥坊主』『かげろう妖剣』『霞と飛燕』『闇姫変化』の「駆込み宿 影始末」シリーズ、『鶴亀横丁の風来坊』『金貸し権兵衛』『提灯斬り』『お京危うし』の「鶴亀横丁の風来坊」シリーズ（以上、講談社文庫）など多数ある。

狙われた横丁　鶴亀横丁の風来坊

鳥羽 亮

講談社文庫

定価はカバーに
表示してあります

2020年7月15日第1刷発行

発行者――渡瀬昌彦
発行所――株式会社 講談社
東京都文京区音羽2-12-21　〒112-8001
電話 出版（03）5395-3510
　　 販売（03）5395-5817
　　 業務（03）5395-3615

Printed in Japan

デザイン―菊地信義
本文データ制作―講談社デジタル製作
印刷―――豊国印刷株式会社
製本―――株式会社国宝社

ISBN978-4-06-520372-9

講談社文庫刊行の辞

二十一世紀の到来を目睫に望みながら、われわれはいま、人類史上かつて例を見ない巨大な転換期をむかえようとしている。

世界も、日本も、激動の予兆に対する期待とおののきを内に蔵して、未知の時代に歩み入ろうとしている。このときにあたり、創業の人野間清治の「ナショナル・エデュケイター」への志を現代に甦らせようと意図して、われわれはここに古今の文芸作品はいうまでもなく、ひろく人文・社会・自然の諸科学から東西の名著を網羅する、新しい綜合文庫の発刊を決意した。

激動の転換期はまた断絶の時代である。われわれは戦後二十五年間の出版文化のありかたへの深い反省をこめて、この断絶の時代にあえて人間的な持続を求めようとする。いたずらに浮薄な商業主義のあだ花を追い求めることなく、長期にわたって良書に生命をあたえようとつとめるところにしか、今後の出版文化の真の繁栄はあり得ないと信じるからである。

同時にわれわれはこの綜合文庫の刊行を通じて、人文・社会・自然の諸科学が、結局人間の学にほかならないことを立証しようと願っている。かつて知識とは、「汝自身を知る」ことにつきていた。現代社会の瑣末な情報の氾濫のなかから、力強い知識の源泉を掘り起し、技術文明のただなかに、生きた人間の姿を復活させること。それこそわれわれの切なる希求である。

われわれは権威に盲従せず、俗流に媚びることなく、渾然一体となって日本の「草の根」をかたちづくる若く新しい世代の人々に、心をこめてこの新しい綜合文庫をおくり届けたい。それは知識の泉であるとともに感受性のふるさとであり、もっとも有機的に組織され、社会に開かれた万人のための大学をめざしている。大方の支援と協力を衷心より切望してやまない。

一九七一年七月

野間省一

講談社文庫 最新刊

梶永正史
潔癖刑事 仮面の哄笑(こうしょう)
生真面目な潔癖刑事と天然刑事のコンビが、謎の狙撃事件と背後の陰謀の正体を暴く!

福澤徹三
糸柳(しやな)寿昭(としあき)
忌(い)み地 弐
〈怪談社奇聞録〉
あなたもいつしか、その「場所」に立っている――。最恐の体感型怪談実話集、第2弾!

鳥羽亮
狙われた横丁
〈鶴亀横丁の風来坊〉
浅草一帯に賭場を作ろうと目論む悪党らが、彦十郎を繰り返し急襲する!〈文庫書下ろし〉

中村ふみ
雪の王 光の剣
地上に愛情を感じてしまった落ちこぼれ天令と元王様は極寒の地を救えるのか?

村瀬秀信
それでも気がつけばチェーン店ばかりでメシを食べている
松屋、富士そば等人気チェーン店36店の醍醐味とやまぬ愛を綴(つづ)るエッセイ、待望の第2巻。

酒井順子
忘れる女、忘れられる女
忘れることは新たな世界への入り口。女たちの悲喜こもごもを写す人気エッセイ、最新文庫!

町田康
スピンクの笑顔
ありがとう、スピンク。犬のスピンクと作家の主人の日常を綴った傑作エッセイ完結巻。

さいとう・たかを
戸川猪佐武 原作
歴史劇画 大宰相
〈第九巻 鈴木善幸の苦悩〉
衆参ダブル選中に大平首相が急逝。後継総理に選ばれたのは「無欲の男」善幸だった!

講談社文庫 最新刊

講談社文芸文庫

幸田文

男

働く男性たちに注ぐやわらかな眼差し。現場に分け入り、プロフェッショナルたちと語らい、体感したことのみを凛とした文章で描き出す、行動する作家の随筆の粋。

解説＝山本ふみこ　年譜＝藤本寿彦

ＣＪ11
978-4-06-520376-7

殁後30年

幸田文　随筆の世界

『ちぎれ雲』『番茶菓子』『包む』『回転どあ・東京と大阪と』

見て歩く。心を寄せる。
殁後三〇年を経てなお読み継がれる、幸田文の随筆群。

津村記久子 カソウスキの行方
津村記久子 やりたいことは二度寝だけ
津村記久子 二度寝とは、遠くにありて想うもの
恒川光太郎 竜が最後に帰る場所
月村了衛 神子上典膳
フランソワ・デュボワ 太極拳が教えてくれた人生の宝物〈中国・武当山90日間修行の記〉
土居良一 海 翁 伝
ドウス昌代 イサム・ノグチ(上)(下)〈宿命の越境者〉
鳥羽 亮 御隠居剣法〈駆込み宿 影始末(一)〉
鳥羽 亮 ねむり鬼剣〈駆込み宿 影始末〉
鳥羽 亮 霞隠れの女〈駆込み宿 影始末〉
鳥羽 亮 のっとり奥坊主〈駆込み宿 影始末〉
鳥羽 亮 かげろう妖剣〈駆込み宿 影始末〉
鳥羽 亮 霞と飛燕〈駆込み宿 影始末〉
鳥羽 亮 闇 姫 変 化〈駆込み宿 影始末〉
鳥羽 亮 鶴亀横丁の風来坊
鳥羽 亮 金貸し権兵衛〈鶴亀横丁の風来坊〉
鳥羽 亮 提灯斬り〈鶴亀横丁の風来坊〉
鳥羽 亮 お京危うし〈鶴亀横丁の風来坊〉

東郷 隆 上田信 絵 【絵解き】雑兵足軽たちの戦い〈歴史・時代小説ファン必携〉
堂場瞬一 八月からの手紙
堂場瞬一 壊れる心〈警視庁犯罪被害者支援課〉
堂場瞬一 邪 心〈警視庁犯罪被害者支援課2〉
堂場瞬一 二度泣いた少女〈警視庁犯罪被害者支援課3〉
堂場瞬一 身代わりの空(上)(下)〈警視庁犯罪被害者支援課4〉
堂場瞬一 影の守護者〈警視庁犯罪被害者支援課5〉
堂場瞬一 不信の鎖〈警視庁犯罪被害者支援課6〉
堂場瞬一 傷
堂場瞬一 埋れた牙
堂場瞬一 Killers(上)(下)
堂場瞬一 虹のふもと
土橋章宏 超高速！参勤交代
土橋章宏 超高速！参勤交代 リターンズ
戸谷洋志 Jポップで考える哲学〈自分を問い直すための15曲〉
富樫倫太郎 信長の二十四時間
富樫倫太郎 風の如く 吉田松陰篇
富樫倫太郎 風の如く 久坂玄瑞篇
富樫倫太郎 風の如く 高杉晋作篇

富樫倫太郎 スカーフェイス〈警視庁特別捜査第三係・淵神律子〉
富樫倫太郎 スカーフェイスII デッドリミット〈警視庁特別捜査第三係・淵神律子〉
富樫倫太郎 スカーフェイスIII ブラッドライン〈警視庁特別捜査第三係・淵神律子〉
豊田 巧 警視庁鉄道捜査班〈鉄血の警視〉
豊田 巧 警視庁鉄道捜査班〈鉄路の牢獄〉
夏樹静子 新装版 二人の夫をもつ女
中井英夫 新装版 虚無への供物(上)(下)
中島らも 今夜、すべてのバーで
中島らも 僕にはわからない
鳴海 章 フェイスブレイカー
鳴海 章 謀略航路
鳴海 章 全能兵器AiCO
中嶋博行 ホカベン ボクたちの正義
中嶋博行 新装版 検察捜査
中嶋博行 新検察捜査
中村天風 運命を拓く〈天風瞑想録〉
中山康樹 ジョン・レノンから始まるロック名盤
梨屋アリエ でりばりぃAge
梨屋アリエ ピアニッシシモ

中島京子 FUTON
中島京子 妻が椎茸だったころ
中島京子ほか 黒い結婚 白い結婚
奈須きのこ 空の境界(上)(中)(下)
中村彰彦 乱世の名将 治世の名臣
長野まゆみ 簞笥のなか
長野まゆみ レモンタルト
長野まゆみ チマチマ記
長野まゆみ 冥途あり
長野まゆみ 45°〈ここだけの話〉
長嶋有 夕子ちゃんの近道
長嶋有 佐渡の三人
永嶋恵美 擬態
永井均 内田かずひろ 絵 子どものための哲学対話
なかにし礼 戦場のニーナ
なかにし礼 生きる力〈心でがんに克つ〉
なかにし礼 夜の歌(上)(下)
中村文則 最後の命
中村文則 悪と仮面のルール

中田整一 編/解説 真珠湾攻撃総隊長の回想〈淵田美津雄自叙伝〉
中村江里子 女四世代、ひとつ屋根の下
中野美代子 カスティリオーネの庭
中野孝次 すらすら読める方丈記
中野孝次 すらすら読める徒然草
中山七里 贖罪の奏鳴曲(ソナタ)
中山七里 追憶の夜想曲(ノクターン)
中山七里 恩讐の鎮魂曲(レクイエム)
中山七里 悪徳の輪舞曲(ロンド)
長島有里枝 背中の記憶
長浦京 赤刃(セキジン)
長浦京 リボルバー・リリー
中澤日菜子 お父さんと伊藤さん
中澤日菜子 おまめごとの島
長辻象平 半百(はんぴゃく)の白刃 虎徹と鬼姫(上)(下)
中脇初枝 世界の果てのこどもたち
中村ふみ 天空の翼 地上の星
中村ふみ 砂の城 風の姫
中村ふみ 月の都 海の果て

西村京太郎 七人の証人
西村京太郎 華麗なる誘拐
西村京太郎 寝台特急「日本海」(メモリー・トレイン)殺人事件
西村京太郎 十津川警部 帰郷・会津若松
西村京太郎 特急「あずさ」(アリバイ・トレイン)殺人事件
西村京太郎 十津川警部の怒り
西村京太郎 宗谷本線殺人事件
西村京太郎 奥能登に吹く殺意の風
西村京太郎 特急「北斗1号」(スーサイド・トレイン)殺人事件
西村京太郎 十津川警部 湖北の幻想
西村京太郎 九州特急「ソニックにちりん」殺人事件
西村京太郎 十津川警部 幻想の信州上田
西村京太郎 十津川警部 金沢・絢爛たる殺人
西村京太郎 東京・松島殺人ルート
西村京太郎 新装版 殺しの双曲線
西村京太郎 愛の伝説・釧路湿原
西村京太郎 山形新幹線「つばさ」殺人事件
西村京太郎 新装版 名探偵に乾杯
西村京太郎 十津川警部 君は、あのSLを見たか

講談社文庫　目録

西村京太郎　南伊豆殺人事件
西村京太郎　十津川警部　青い国から来た殺人者
西村京太郎　十津川警部　箱根バイパスの罠
西村京太郎　新装版　天使の傷痕
西村京太郎　新装版　D機関情報
西村京太郎　十津川警部　猫と死体はタンゴ鉄道に乗って
西村京太郎　韓国新幹線を追え
西村京太郎　北リアス線の天使
西村京太郎　十津川警部　長野新幹線の奇妙な犯罪
西村京太郎　上野駅殺人事件
西村京太郎　京都駅殺人事件
西村京太郎　沖縄から愛をこめて
西村京太郎　十津川警部「幻覚」
西村京太郎　函館駅殺人事件
西村京太郎　内房線の猫たち〈異説里見八犬伝〉
西村京太郎　東京駅殺人事件
西村京太郎　長崎駅殺人事件
西村京太郎　十津川警部　愛と絶望の台湾新幹線
西村京太郎　西鹿児島駅殺人事件
西村京太郎　札幌駅殺人事件
仁木悦子　猫は知っていた
新田次郎　新装版　武田勝頼〈(一)陽の巻　(二)水の巻　(三)空の巻〉
新田次郎　新装版　聖職の碑
新田次郎　新装版　風の遺産
新田次郎　新装版　鷲ヶ峰物語
日本文芸家協会編　愛染夢灯籠〈時代小説傑作選〉
日本推理作家協会編　犯人たちの部屋〈ミステリー傑作選〉
日本推理作家協会編　隠された鍵〈ミステリー傑作選〉
日本推理作家協会編　Play　推理遊戯〈ミステリー傑作選〉
日本推理作家協会編　Doubt　きりのない疑惑〈ミステリー傑作選〉
日本推理作家協会編　Bluff　騙し合いの夜〈ミステリー傑作選〉
日本推理作家協会編　Symphony　漆黒の交響曲〈ミステリー傑作選〉
日本推理作家協会編　Esprit　機知と企みの競演〈ミステリー傑作選〉
日本推理作家協会編　Life　人生、すなわち謎〈ミステリー傑作選〉
日本推理作家協会編　Love　恋、すなわち罠〈ミステリー傑作選〉
日本推理作家協会編　Propose　告白は突然に〈ミステリー傑作選〉
日本推理作家協会編　Acrobatic　物語の曲芸師たち〈ミステリー傑作選〉
日本推理作家協会編　謎010〈大沢在昌選　スペシャル・ブレンド・ミステリー〉
日本推理作家協会編　ベスト8ミステリーズ2015
日本推理作家協会編　ベスト6ミステリーズ2016
二階堂黎人　ラン迷宮〈二階堂蘭子探偵集〉
二階堂黎人　増加博士の事件簿
新美敬子　猫のハローワーク
西澤保彦　新装版　七回死んだ男
西澤保彦　人格転移の殺人
西澤保彦　麦酒の家の冒険
西澤保彦　新装版　瞬間移動死体
西村　健　ビンゴ
西村　健　地の底のヤマ(上)(下)
西村　健　光陰の刃(上)(下)
楡　周平　青狼記(上)(下)
楡　周平　陪審法廷
楡　周平　宿命(上)(下)〈ワンス・アポン・ア・タイム・イン・東京〉
楡　周平　血戦〈ワンス・アポン・ア・タイム・イン・東京2〉
楡　周平　修羅の宴(上)(下)
楡　周平　レイク・クローバー(上)(下)
西尾維新　クビキリサイクル〈青色サヴァンと戯言遣い〉

講談社文庫　目録

西尾維新　クビシメロマンチスト〈人間失格・零崎人識〉
西尾維新　クビツリハイスクール〈戯言遣いの弟子〉
西尾維新　サイコロジカル(上)〈兎吊木垓輔の戯言殺し〉(下)〈曳かれ者の小唄〉
西尾維新　ヒトクイマジカル〈殺戮奇術の匂宮兄妹〉
西尾維新　ネコソギラジカル(上)〈十三階段〉
西尾維新　ネコソギラジカル(中)〈赤き征裁 vs. 橙なる種〉
西尾維新　ネコソギラジカル(下)〈青色サヴァンと戯言遣い〉
西尾維新　ダブルダウン勘繰郎　トリプルプレイ助悪郎
西尾維新　零崎双識の人間試験
西尾維新　零崎軋識の人間ノック
西尾維新　零崎曲識の人間人間
西尾維新　零崎人識の人間関係　匂宮出夢との関係
西尾維新　零崎人識の人間関係　無桐伊織との関係
西尾維新　零崎人識の人間関係　零崎双識との関係
西尾維新　零崎人識の人間関係　戯言遣いとの関係
西尾維新　xxxHOLiC アナザーホリック　ランドルト環エアロゾル
西尾維新　難民探偵
西尾維新　少女不十分
西尾維新　本題〈西尾維新対談集〉
西尾維新　掟上今日子の備忘録
西尾維新　掟上今日子の推薦文
西尾維新　掟上今日子の挑戦状
西尾維新　掟上今日子の遺言書
西尾維新　掟上今日子の退職願
西尾維新　新本格魔法少女りすか
西尾維新　人類最強の初恋
西村賢太　どうで死ぬ身の一踊り
西村賢太　夢魔去りぬ
西村賢太　藤澤清造追影
仁木英之　真田を云て、毛利を云わず(上)(下)〈大坂将星伝〉
仁木英之　まほろばの王たち
西川善文　ザ・ラストバンカー〈西川善文回顧録〉
西川司　向日葵のかっちゃん
西村雄一郎　殉愛〈原節子と小津安二郎〉
西加奈子　舞台
貫井徳郎　新装版 修羅の終わり(上)(下)
貫井徳郎　妖奇切断譜
貫井徳郎　被害者は誰？
A・ネルソン　「ネルソンさん、あなたは人を殺しましたか？」
法月綸太郎　雪密室
法月綸太郎　誰彼
法月綸太郎　法月綸太郎の冒険
法月綸太郎　新装版 密閉教室
法月綸太郎　怪盗グリフィン、絶体絶命
法月綸太郎　怪盗グリフィン対ラトウィッジ機関
法月綸太郎　キングを探せ
法月綸太郎　名探偵傑作短篇集 法月綸太郎篇
法月綸太郎　新装版 頼子のために
乃南アサ　不発弾
乃南アサ　地のはてから(上)(下)
乃南アサ　新装版 鍵
乃南アサ　新装版 窓
野沢尚　破線のマリス
野沢尚　深紅
能町みね子　能スポ〈『能町みね子のときめきデートスポット』、略して〉
能町みね子　能サポ〈『能町みね子のときめきサッカーうどんサポーター』、略して〉
野口卓　一九戯作旅

橋本 治　九十八歳になった私
原田泰治　わたしの信州
原田泰治 原田武雄　泰治が歩く〈原田泰治の物語〉
林 真理子　幕はおりたのだろうか
林 真理子　女のことわざ辞典
林 真理子　さくら、さくら〈おとなが恋して〉
林 真理子　みんなの秘密
林 真理子　ミスキャスト
林 真理子　ミルキー
林 真理子　新装版 星に願いを
林 真理子　野心と美貌〈中年心得帳〉
林 真理子　正妻(上)(下)〈慶喜と美賀子〉
林 真理子　大原御幸〈帯に生きた家族の物語〉
林 真理子 見城 徹　過剰な二人
原田宗典　スメル男
帚木蓬生　アフリカの蹄
帚木蓬生　日御子(上)(下)
坂東眞砂子　欲情
花村萬月　信長私記

花村萬月　續 信長私記
畑村洋太郎　失敗学のすすめ
畑村洋太郎　失敗学実践講義〈文庫増補版〉
はやみねかおる　そして五人がいなくなる〈名探偵夢水清志郎事件ノート〉
はやみねかおる　都会のトム&ソーヤ(1)
はやみねかおる　都会のトム&ソーヤ(3)〈いつになったら作戦終了?〉
はやみねかおる　都会のトム&ソーヤ(4)〈四重奏〉
はやみねかおる　都会のトム&ソーヤ(5)〈IN塀戸〉(上)(下)
はやみねかおる　都会のトム&ソーヤ(6)〈ぼくの家へおいで〉
はやみねかおる　都会のトム&ソーヤ(7)〈怪人は夢に舞う〈理論編〉〉
はやみねかおる　都会のトム&ソーヤ(8)〈怪人は夢に舞う〈実践編〉〉
はやみねかおる　都会のトム&ソーヤ(9)〈前夜祭 内人side〉
はやみねかおる　都会のトム&ソーヤ(10)〈前夜祭 創也side〉
勇嶺 薫　赤い夢の迷宮
服部真澄　クラウド・ナイン
初野 晴　向こう側の遊園
原 武史　滝山コミューン一九七四
濱 嘉之　警視庁情報官〈シークレット・オフィサー〉
濱 嘉之　警視庁情報官 ハニートラップ

濱 嘉之　警視庁情報官 トリックスター
濱 嘉之　警視庁情報官 ブラックドナー
濱 嘉之　警視庁情報官 サイバージハード
濱 嘉之　警視庁情報官 ゴーストマネー
濱 嘉之　警視庁情報官 ノースブリザード
濱 嘉之　鬼手〈世田谷駐在刑事・小林健〉
濱 嘉之　電子の標的〈警視庁特別捜査官・藤江康央〉
濱 嘉之　列島融解
濱 嘉之　オメガ 警察庁諜報課
濱 嘉之　オメガ 対中工作
濱 嘉之　ヒトイチ 警視庁人事一課監察係
濱 嘉之　ヒトイチ 画像解析〈警視庁人事一課監察係〉
濱 嘉之　ヒトイチ 内部告発〈警視庁人事一課監察係〉
濱 嘉之　カルマ真仙教事件(上)(中)(下)
濱 嘉之　新装版 院内刑事
濱 嘉之　新装版 院内刑事〈ブラック・メディスン〉
濱 嘉之　院内刑事〈フェイク・レセプト〉
馳 星周　ラフ・アンド・タフ
早見 俊　上方与力江戸暦

2020年6月15日現在